KB235003

정치유머
콘서트

초판 1쇄 인쇄   2012년 9월 10일
초판 1쇄 발행   2012년 9월 15일

지은이   정치유머 포럼
펴낸이   정재면
펴낸곳   황금물고기
디자인   남상원
인쇄   천일문화사
등록   2003년 12월 5일 제313-2003-000375호
주소   410-830 경기도 고양시 일산동구 정발산동 1346-13 1층
문의전화 02-326-3336 **팩스** 02-325-3339
e-mail   egoldfish@naver.com

© 정치유머 포럼 2012
ISBN 978-89-94154-16-9 13810

• 이 책의 판권은 지은이와 황금물고기에 있습니다.
• 이 책은 저작권법에 따라 보호받는 저작물이므로 무단 전재와 복제를 금지하며,
  이 책 내용의 전부 또는 일부를 이용하려면 반드시 저작권자와 황금물고기의 서면 동의를 받아야 합니다.
• 황금물고기는 저작권법에 해당하는 사항을 준수합니다.
• 책값은 뒤표지에 있습니다.

내 마음의 도서관 황금물고기
황금물고기는 독자 여러분의 참신한 기획과 원고를 기다리고 있습니다.

정치유머 콘서트

THE CONCERT OF POLITICAL HUMOR

정치유머 포럼 지음

황금물고기

책 머 리 에

웃는 정치를 위하여

　우리나라 정치인들만큼 많은 욕을 먹는 사람들도 없을 것이다. 마치 욕먹으려고 작정하고 움직이는 사람들 같기도 하다. 하지만 그런 정치인들의 면면을 살펴보면 최고의 학벌과 최고의 재력을 갖춘 능력자들이 많다. 어쩌면 우리 정치인들이 대중의 인기를 얻지 못하는 이유는 바로 그렇기 때문인지도 모른다. 한마디로 말하자면 다 제 잘난 맛에 살아온 사람들인지라 자신의 생각과 맞지 않는 사람들과 어울리지 못하는 것이다.

　최고는 곧 최악과 통한다. 아무리 우수한 사람들이라도 바보짓을 하기 시작하면 일반인보다 더 끔찍한 언행이 나오는 것이다.

우리 정치에 가장 아쉬운 점이 어려운 상황을 부드럽게 풀어가는 유머가 부족하다는 것이다. 고도의 지성을 갖춘 사람들답게 심각한 국면을 타개할 도구로 유머를 사용한다면 얼마나 좋을까 하는 생각을 해보다 이 원고를 쓰게 됐다.

서독의 콜 수상 같은 사람은 뛰어난 능력으로 장수하면서 많은 업적을 쌓았지만 허술한 면도 많아 멍청한 사람이라는 쪽으로 갖가지 유머를 양산했다. 그리고 그 유머들은 책으로 나와 베스트셀러가 되었다. 그렇다고 콜 수상이 그 유머에 역정을 낸 적도 없고, 콜 수상의 인기에 지장을 주었다고 생각하는 사람도 또한 없다. 외려 그 유머들은 콜이라는 정치인을 대중과 더욱 친근하게 만들었고 이미지에도 긍정적인 영향을 끼쳤다.

현직 대통령을 쥐로 비교한다고 논란이 되고 있다. 그런 말을 한 사람을 추적해 잡거나 막는 대신 장본인이 기자회견 같

은 데서,

"쥐가 어때서요? 부지런하지, 번식력 좋지, 애들도 미키 마우스 엄청 좋아하지 않나요?"

한다면 어떨까?

항상 심각한 표정을 하고, 심각한 짓을 저지르고, 심각한 경우에 처하는 정치인들이 조금만 여유를 가지고 세상을 대한다면 정치인에 대한 비난도 수그러들지 않을까 생각해 본다.

곧 대선이다. 벌써부터 대선주자들의 측근들은 상대를 향해 폭언들을 쏟아내고 있다. 그들은 자신들의 저질 발언들이 그걸 바라보는 유권자들을 모욕하고 있다는 사실조차 인식하지 못하고 있다.

곧 선거가 시작되고 승자와 패자가 나올 것이다. 하지만 승자도 패자도 모두 이 나라의 훌륭한 자원들이기 때문에 누구 한 사람이 치명적인 상처를 입지 않기를 바란다. 그러자면 회심의 일격에도 상대가 최소한의 방어를 할 수 있는 유머가 필요하다.

승자는 당선 소감에서 여유로운 모습을 보이고, 패자도 웃음으로 그 순간을 비관으로 빠트리지 않는 기지를 발휘하기를 바란다.

2012년 초가을
정치유머 포럼

CONTENTS

나는 놈위에 웃기는 놈 있다

옵, 옵, 오빠 어떤 스타일?

CONTENTS

열 받다가도 빵 터지는

웃자고 한 얘기에……

첫 번째 이야기
나는 놈 위에 웃기는 놈 있다

"정치 바이러스
V3로 다 잡아주마."

정치인과 악처의 공통점

1. 돈을 너무 좋아한다.

2. 행선지를 밝히지 않고 싸돌아다닌다.

3. 말로는 당할 수 없다.

4. 내가 뽑았지만 후회한 적이 한두 번이 아니다.

5. 바꾸려면 너무 복잡하다.

안철수가 새누리당에 입당하지 못한 이유 10가지

1. 위장 전입 없음.

2. 군의관으로 군필.

3, 논문 조작 없음.

4. 다운 계약서 없음.

5, 탈세 못해 봄,

6, 폭언, 막말 못함.

7. 성희롱 안 했음.

8. 국민에게 미움 받지 못함.

9. D-DOS를 막음.

10. 거짓말이 능숙치 못함.

국민의 사랑
먹튀 계약서
DOS
군대면제
위장전입
논문 조작
성희롱
탈세
먹튀 거짓말
베이이
입장불가
새누리클럽

박근혜의 정치 특강

박근혜가 안철수에게 물었다.
"정말 정치를 하실 건가요?"
안철수는 대답을 안 하고 웃기만 했다.
그러자 박근혜가 말했다.
"정치는 어려운 겁니다. 제가 문제 하나 내지요.
정치인과 가장 비슷한 직업이 뭔지 아세요?"
안철수가 조금 생각을 하더니 대답했다.
"나 같은 기업체 사장이 아닐까요?"
박근혜가 말했다.
"아닙니다. 답은 거지예요."
"왜 그런가요?"
"둘 다 주로 거짓말로 먹고 살기 때문이지요.
사람이 많이 모이는 곳에는 항상 나타나는
습성이 있는 것도 닮았고,
지역구 관리에 목숨 거는 것도 그렇지요.
되기는 어렵지만 되고 나면 쉽게 버리기
싫은 직업이기도 하고요.
가장 중요한 공통점은……"
박근혜가 한숨을 쉬더니 말했다.
"법으로도 없앨 수 없어요."

사기꾼의 급수

3급 사기꾼	남을 속여 등쳐먹는 자.
2급 사기꾼	불량 의약품, 불량 식품 제조업자.
1급 사기꾼	변호사, 판사, 검사
특급 사기꾼	정치인
초특급 사기꾼	대통령
초초특급 사기꾼	대통령 형

한국의 천재들

노무현이 저승에 가서 신에게 부탁했다.
"세계적인 천재들을 한국으로 보내
한국을 선진국으로 만들어 주세요."
신이 그 부탁을 들어주어
천재들을 한국에서 태어나게 했다.
노무현은 과연 천재들이 얼마나 잘하고 있는지
궁금해서 한국으로 가 보았다.

퀴리 부인은 대학을 졸업하고 취직하려고 했는데
얼굴도 평범하고, 키도 작고, 몸매도 안 된다고
취직 시험에 자꾸 떨어져서 성형수술을 하려고
편의점에서 알바하고 있었다.

에디슨은 발명 특허를 신청하려고 했는데
초등학교밖에 못 나왔다고
신청서를 안 받아 줘서
특허 신청을 못 내고 있었다.
어쩌다 특허를 받은 것은

대기업이 헐값으로 빼갔다.

아인슈타인은 수학만 엄청 잘하고
다른 과목은 제대로 못해서 내신이 바닥이라
대학에 떨어져 삼수를 하고 있었다.

그래도 지구는 돈다며 대들기를 좋아했던
갈릴레오는 학계의 현실에 대해
입바른 소리를 하다가 연구비 지원이 끊겨
한강변에서 공공근로를 하고 있었다.

뉴턴은 졸업 논문을 냈지만
교수들이 이해를 못하는 바람에
학위를 못 받고 집에서 놀고 있다가
영장이 나와 철원 최전방으로 갔다.

꾀돌이 철수

철수가 홍등가를 서성거리고 있었다.
가만 보니 어느 집 유리문에
'무조건 만원'이라는 글이 붙어 있었다.
철수는 회심의 미소를 지으며
그 집으로 들어가 주인에게 물었다.
"저, 정확히 시간 단위로 돈을 내고 싶은데 가능할까요?"
주인은 틀림없이 만원보다 많은 돈을
받아낼 수 있을 거란 생각에 흔쾌히 허락했다.
얼마 지나지 않아 철수의 파트너가
씩씩거리며 달려 나왔다.
"우쒸! 15분 동안 4번 해놓고 2500원 주고 갔어!"

다른 돈

국회의원이 골목길을 가다가 강도를 만났다.

강도 가진 돈 다 내놔!

의원 내가 누군지 알아? 국회의원이야!

강도 그럼 씨바, 내 돈 내놔!

근혜캠프
악~

안철수파리 때려잡기

시력이 무척 안 좋은 박근혜가 벽을 노려보았다.

안철수파리가 앉아 있었다.

다른 사람과 함께 있는 자리에서는 우아하지만

혼자 있을 때는 용감무쌍한 박근혜인지라

"요 녀석!"

하고 손바닥으로 안철수파리를 때려잡았다.

그런데 우쒸, 파리가 아니라 벽에 튀어나온 못이었다.

손바닥에 강한 통증을 느낀 박근혜 가라사대

"젠장, 파리인 줄 알았더니 벌이네!"

국회의원과 텔레토비가 닮은 점

1. 텔레비전에서 종종 볼 수 있다.

2. 배가 나왔다.

3. 지능이 좀 떨어진다.

4. 자기들끼리 뭔가 결정하고 엄청 좋아한다.

5. 그 얼굴이 그 얼굴이다.

6. 돔 지붕이 달린 집에서 산다.

7. 머리카락이 적다.

8. 떼거지로 몰려다닌다.

9. 색깔로 구분할 수 있다.

10. 빈둥거리면서도 밥 시간은 귀신같이 안다.

11. 둘 다 인간 되긴 글렀다.

12. 했던 말 또 한다.

13. 사람인 척한다.

근혜가 낸 문제

근혜가 철수에게 아래와 같은 문제를 냈다.

1) 길이가 대충 한 뼘 전후이다.

2) 한쪽 끝에 털이 많이 나 있다.

3) 조금 딱딱하다. 하지만 종류에 따라 부드러운 것도 있다.

4) 크기가 변하는 구멍에 들어가 들락날락한다.

5) 탄력성은 있지만 무리한 힘을 가하면 부러져 쓰지 못하게 된다.

6) 이것이 들락날락 하다 보면 나중에 하얀 물이 나온다.

"과연 이게 무엇일까?"
근혜가 묻자 철수의 얼굴이 새빨개졌다.
순간 근혜가 철수의 뒤통수를 후려치며 말했다.
"무슨 생각을 하는 거야? 답은 칫솔이야."

바른생활 소녀

이혜훈 의원은 박근혜 새누리당 전 비상대책위원장에 대해
'바른생활 소녀'라고 추켜세웠다.
지나가던 시민이 한마디 했다.
"이 나라는 소녀가 대통령을 해도 되는 나란겨?"

안철수가 의대를 간 이유

안철수의 담임 선생이 아내와 산부인과에 다녀왔다.

담임 선생은 불쾌한 얼굴로 씩씩대고 있었다.

마침 그때 고3 안철수가 진학상담을 하러 왔다.

그러자 담임 선생이 다짜고짜 말했다.

"의대 가! 의대 가서 의사 되라고! 그게 최고다!"

당황한 안철수가 물었다.

"선생님, 왜 갑자기 의사가 되라는 거죠?"

"얀마, 가라면 가. 모르는 여자한테

옷 벗으라고 명령하고, 그 남편한테

돈을 요구할 수 있는 직업이 세상에 또 어딨냐?"

요주의 전공

안철수가 대학 시절 친구랑 술을 먹는데
옆자리가 너무 시끄러웠다.
좀 조용히 해달라고 하자 험한 소리가 나왔다.
화가 난 안철수가 일어나 따지려는 순간 친구가 말렸다.
"참아, 재들은 법대생이야. 재들과 싸우면 안 돼!"
"왜, 나중에 법 조항으로 따지나?"
"아니, 재들은 싸우면 법전을 휘두르는데
두께가 10센티가 넘고 무게는 3킬로나 나가지.
그런데 책은 판례상 흉기로 분류되지 않는대."
그 후로 평생 안철수는 법대생을 조심하게 되었다.

오바마가 당선된 이유

미국에서 부정부패가 만연하자
이를 '클린(clean)'하게 '턴(turn)'시키기 위해서
뽑은 사람이 바로 클린턴 대통령.
그래서 정치는 깨끗하게 되었는데,
섹스 스캔들을 일으키자 이를 미연에 방지하기 위해
'거시기'가 '부실'한 조지 부시를
대통령으로 뽑았다.
조지 부시의 유일한 관심은 전쟁이었다.
그래서 이라크를 '조지'고, 아프가니스탄을 '부시'고
하지 않아도 될 전쟁을 하는 등
'오바'를 했던 것이다.
국민들이 '버락' 화를 내면서 다음에는
'오바'를 하지 않는 대통령을 선출하자고 합의했고
'오바하지 마라'는 뜻으로 결국 '오바마'를 선출했다.

정보부의 한국인 다루는 법

중앙정보부장과 안기부장, 국정원장이
상가에서 고스톱 판을 벌이고 있었다.
안기부장이 국정원장에게 말했다.
"요즘, 일하기 힘들지?"
"죽겠습니다. 요즘은 다들 영악해져서
겁을 줘도 자백들을 안 해요.
그렇다고 전처럼 고문을 할 수도 없고."
그러자 중앙정보부장이 말했다.
"이 사람아, 고문만 있는 게 아닐세.
적당히 원하는 걸 주고 매수하는 방법도 있지."
"좀 가르쳐 주십시오."
"초등학생은 성인 인증 게임을
할 수 있게 해준다고 하게.
중학생은 왕따 안 당하게 해준다고 하고,
고등학생은 내신 성적을
올려준다고 하면 직방이지.

직장인은 승진시켜 준다고 하고
아줌마는 전신 성형시켜 준다고 하면 만사 오케이라네."
그러자 국정원장이 목소리를 죽여 물었다.
"그럼 청와대에 있는 저 진상은
어떻게 꼬셔야 합니까?"
이에 안기부장이 씩 웃으며 말했다.
"그렇게 간단한 걸 고민하다니.
시키는 대로 안 하면 형한테 이른다고 하게."

박근혜 수첩의 일곱비밀

안동에서는 바닷물을 끌어들여 고등어 양식을 하는데
치어일 때부터 간을 쳐서 키우고
이게 다 자란 게 간고등어임.

간장게장으로 유명한 전남 무안에서는
어린 꽃게를 잡아 간장에 담아 어항처럼
방에 들여다 놓고 키우고 이게 다 자라서 죽으면
꺼내 먹는 게 간장게장임.

상주에선 주렁주렁 엮인 곶감을 심음.
나중에 나무에서 한 줄 한 줄 수확하는 거라
심을 때 되도록 긴 것을 심는 게 좋다고 함.

파주 출판 단지에서는 시인이나 소설가를
단지에 넣고 빻아 가루나 즙으로 만드는데
이걸 기계에 넣고 돌리면 책이 나옴.

제 발등 찍기

올해 칠십인 홍사덕이 박 전 위원장의
공식 대선출마를 앞두고,
"당 행사 때 55세 이상 중진 의원들이
박 전 위원장 주변에서 5.5미터 벗어나면 좋겠다."
고 말해 노인비하 논란을 일으켰다.
노인협회에서 성명을 냈다.
"걘 지금 몇 살인데?"

어디서 감히

한치 앞도 안 보일 정도로 캄캄한 밤이었다.
함장 박근혜가 정면에 나타난 불빛을 보고
자기 군함과 충돌할 것 같아 빛으로 신호를 보냈다.

방향을 동쪽으로 10도 돌리시오.

상대방이 답신을 보냈다.

당신이 방향을 서쪽으로 10도 돌리시오.

화가 난 박근혜 함장이 다시 신호를 보냈다.

나는 해군 함장이다! 네가 방향을 돌리도록 하라!

상대방이 다시 답신을 보냈다.

저는 해군 일병 안철수입니다. 함장님이 방향을 돌
리십시오.

화가 머리끝까지 치민 박근혜 함장이 다시 신호를 보냈다.

이 배는 전함이다! 절대로 방향을 바꿀 수 없다!

그러자 마지막으로 안철수 일병이 신호를 보냈다.

여기는 등대입니다. 맘대로 하십시오.

행정수도
세종시 비화

노무현이 기를 쓰고 행정수도를
충청도로 옮긴 이유?

"누군가 서울시를 하나님께 바쳤기 때문이다."
.

무료

정부에서 매춘의 심각성을 자각하고
50층짜리 매춘 타워를 지었다.
대신에 1층은 50만 원, 2층은 49만 원 하는 식으로
층마다 가격을 달리했다. 그리고 빌딩 옥상에는
사회복지 차원에서, 엘리베이터를 타지 않는 조건으로
요금을 무료로 했다.
매춘 타워가 오픈하자 수많은 사람들이
50층 옥상으로 가기 위해 새벽부터 줄을 섰다.
시골 이장 출신 김두관도
기회를 놓칠세라 허겁지겁 달려갔다.
헉헉거리며 겨우 옥상에 도착한 김두관은 안내문을 보고
그만 그 자리에 푹 주저앉고 말았다.

〈SELF SERVICE〉

역대 대통령의 운전 비교

이승만 대통령은 초보운전!

박정희 대통령은 과속운전!

최규하 대통령은 대리운전!

전두환 대통령은 난폭운전!

노태우 대통령은 무면허 운전!

김영삼 대통령은 음주운전!

김대중 대통령은 안전운전!

노무현 대통령은 모범운전!

이명박 대통령은 역주행!

속도의 비결

한국의 관리가 일본 관리의 초대를 받았다.

그런데 일본 관리의 집은 굉장히 호화로웠다.

"아니, 대체 어떻게 이런 호화로운 집을

마련한 겁니까?"

"하하, 저기 창문 밖으로 다목적 댐이 보이지요?"

"예."

"바로 그겁니다!"

"예?"

"저 댐의 건설 비용으로 500억 엔을 청구했지만

실은 300억 엔밖에 안 들었지요."

얼마 뒤, 이번에는 일본 관리가 한국 관리 집에 갔다.

그런데 한국 관리의 집은 거의 왕궁과 같았다.

그래서 물어 보았다.

"아니, 대체 어떻게 이렇게 짧은 시간에

이런 집을 마련한 겁니까?"

그러자 한국 관리가 말했다.

"저기 창문 밖으로 다목적 댐이 보이지요?"

"아니요, 아무것도 안 보이는데요."

"바로 그겁니다!"

안철수의 배우자

안철수가 배우자를 찾아 주는
컴퓨터 프로그램을 개발했다.
그는 자신과 가장 잘 어울리는 여자를 구하려고
다음과 같이 입력했다.
'체구가 작고 귀여운 생김새에 물놀이를 즐기고
단체 활동을 좋아하는 여성을 원함.'
이에 컴퓨터가 대답했다.
'펭귄과 결혼하시오.'

기사거리

노무현이 기자들과 함께한 술자리에서
모 회사 소주를 처음 마시며,
"이게 ××그룹에서 나오는 건가? 야, 맛 죽인다."
라고 감탄했다.
다음 날, 유력 신문에 기사가 떴다.

경악! 노무현이 술자리에서
집권하면 ××그룹을 공중분해하겠다고 발언!

노무현이 아니라고 부정하자 곧 후속 기사가 떴다.

함께 있던 기자들에 의하면, "잘 기억이 나지 않지
만 '죽인다'는 얘기는 틀림없이 했다."고 함.

한 번에 한 가지

박근혜가 신호를 기다리고 있는데,
마침 옆 차선에 안철수의 차가 나타났다.
안철수는 깔깔거리며 통화를 하고 있었다.
잠시 후, 신호가 떨어져 박근혜가 엑셀을 밟았는데
갑자기 안철수의 차가 앞으로 끼어들었다.
놀란 박근혜는 다급히 브레이크를 밟고
안철수 차로 가서 항의했다.
"끼어들면서 깜빡이도 안 켜면 어떻게 해요!"
그러자 안철수가 말했다.
"전화하고 있는데 깜빡이를 어떻게 켜요!"

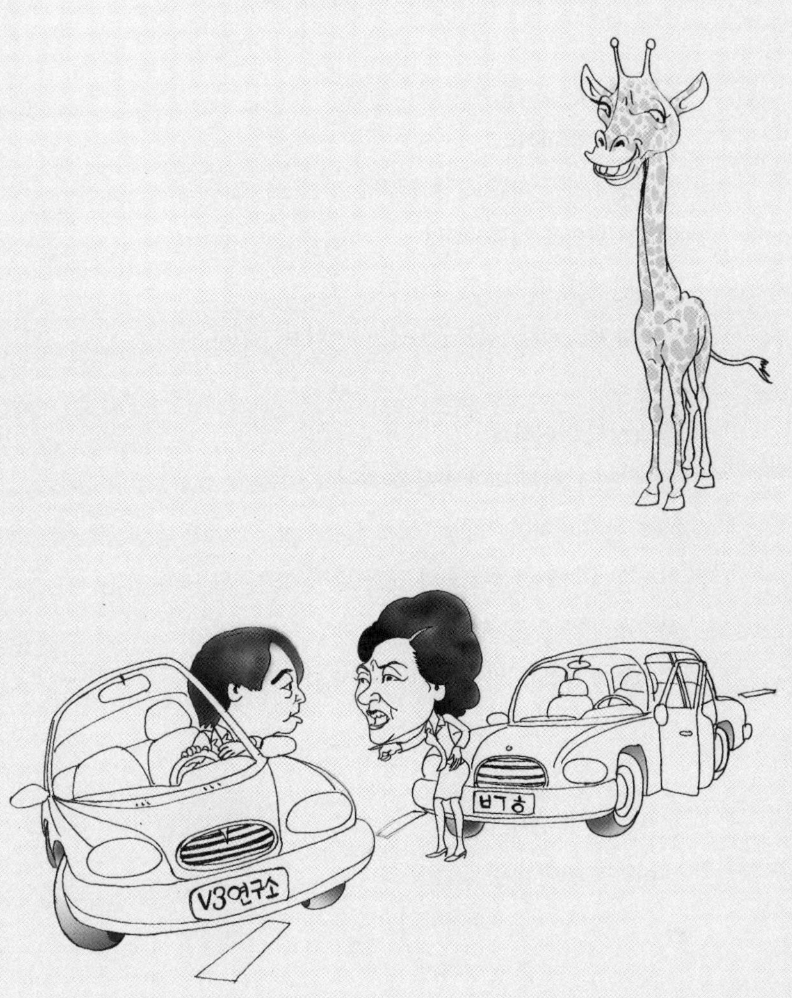
V3연구소
ㅎㄴㅂ

대통령 바이러스

1. 이승만 바이러스
파일들이 자꾸 하나로 합쳐진다.
합쳐진 파일을 실행시키면
'뭉치면 살고 흩어지면 죽습네다.'라는
노인의 목소리가 나온 후 저절로 파티션이 된다.

2. 박정희 바이러스
매년 5월 16일이 되면 활동을 하는
아주 질긴 바이러스다.
활동을 시작하면 총소리와 군화 발자국 소리가 나며
화면에 피가 줄줄 흐른다.
〈그때 그 사람〉이란 흘러간 노래가 나온다.
김재규 백신으로 치료 가능하다.

3. 최규하 바이러스
바이러스 중에 용량이 가장 크다.
하드 안의 파일을 다 잡아먹고
화면에 오리발을 출력한다.
섹터 에디터로 보면 묵묵부답이라는 단어가 있다.

4. 김대중 바이러스

감염된 후 일정한 시간을 두고 잊혀질 만하면
중요한 프로그램이 하나씩 삭제된다.
삭제 후 이런 메시지가 나타난다.
'표적 삭제하느니 바이러스 그만둔다.'
김영삼 백신으로 치료 가능했으나
98년 2월 25일 이후 변종이 출현하면서
치료가 어려워졌다.

5. 전두환 바이러스

감염되면 바로 하드가 깨진다.
치료 백신도 없다.
모든 파일이 사라지고,
눈 내리는 백담사 전경만 뜬다.
하드 교체하는 데 29만원 든다.

6. 노태우 바이러스

다른 파일에 교묘히 붙어서
감염되기 때문에 적발이 힘들다.
메모리에서 물이라는 단어를 하나씩 지운다.
그러다가 군부라는 말을 지우고
그 다음에 친구란 말이 지워진다.

7. 김영삼 바이러스

프로그램이 실행되다가 자꾸 정지된다.
특히 동영상이 문제가 되는데 실행되던 화면이
사라지고 활짝 웃는 현철이가 나타나
'한국의 미래 책임지겠습니다.' 라고 말한다.
치료하느니 컴퓨터를 버리는 게 낫다.

8. 노무현 바이러스

조중동 사이트에 들어가 뉴스를 검색하면
화면이 사라지며 찌라시라고 뜬다.
검찰 사이트도 종종 다운되는데 지운 줄 알고
쓰다 보면 언제 고쳤냐는 듯 다시 감염된다.
컴퓨터보다 컴퓨터를 쓰는 사람을 바꾸면 치료된다.

9. 이명박 바이러스

프로그램이 다운되며 '공사중' 푯말이 뜬다.
그리고 강물이 지갑으로 흘러들어가는 화면이 나온다.
치료는 오직 형님 백신으로만 가능하다.
영부인 백신도 가능하다는 말도 있지만
검증되지 않은 유사품이다.

두관 산타

행복한 크리스마스이브.
세계를 돌아다니다 지친 두관 산타가 마지막으로
어떤 집의 굴뚝을 통해 겨우 안으로 들어갔다.
그런데 그만 집을 잘못 찾았다.
그 집에는 아이 대신 섹시하고 아름다운 미녀가
알몸으로 자고 있었다.
"아이쿠, 이를 어쩌지!"
두관 산타는 멍하니 서서 자고 있는
미녀를 한참 바라보다
땅이 꺼져라 한숨을 내쉬었다.
"정말 미치겠군. 이 여자한테 달려들면
천국에 돌아갈 수 없을 테고
그냥 나가자니 이놈(?)이 걸려
굴뚝을 빠져나갈 수 없을 테고. 에효."

도종환 사태

교과부가 도종환 시를 교과서에서 빼라고 한 이유는
의학적인 근거가 있는 것이다.

MB가 접시꽃 알러지가 있기 때문에.

세 마디의 말

철수는 말을 신중하게 하는 걸로 유명했다.
기자들이 아무리 많은 질문을 던져도,
"아니요."
"글쎄요."
"다음 기회에 또……."
정도만 하고 빠져나가는 것이었다.
철수가 산길을 가다가 날이 저물었다.
마침 불빛이 보여 문을 두드리니
소복을 입은 미인이 나왔다.
"저희 집은 아녀자만 셋이 살아
남자분을 들이기가 어렵습니다."
하지만 다른 방법이 없는지라 철수는
사정을 해서 헛간에서 자기로 했다.
그 집에는 세 과부가 있었다.
철수가 잠을 청하려는데
한 과부가 문을 두드렸다.
문을 여니 따뜻한 커피를 들고 있었다.
"아메리카노 싫으세요?"

"아니요."
즐거운 시간이 지난 후
두 번째 과부가 문을 두드렸다.
문을 여니 역시 미인이 지필묵을 들고 물었다.
"오신 기념으로 글을 받을까 하는데 괜찮으신지요?"
그러자 철수가 말했다.
"저, 글 쎄요."
마지막으로 세 번째 과부는 시어머니였다.
문을 열고 확인한 철수가
행장을 차리며 말했다.
"다음 기회에 또……."

근혜 꼬시기

여대생 근혜가 진짜로 예쁘다고 소문이 자자했다.
청년들은 어떻게 한번 해볼까 했지만
모두들 딱지를 맞고 말았다.
그런데 어리숙한 철수가 제안을 했다.
"너희들 내가 그 여자랑 자고 오면 어떻게 할래?"
그러자 청년들이 대답했다.
"그러면 우리가 10만 원씩 준다."
그 다음 날부터 철수는 매일 밤 12시에
그녀의 집에 가서, 그녀 방 창문을 두드리고
"섹스"라고 크게 외치고 도망갔다.
그렇게 한 달이 지났다.
철수는 친구들에게 가서 그녀랑 잤다고 했다.
친구들은 증거를 대라고 했다.
친구들을 데리고 그녀의 집 앞에 간 철수는
이전과 다름없이 그녀의 방 창문을 두드렸다.
그리고 도망가지 않고 가만히 서 있었다.
그러자 창문이 확 열리면서
근혜가 고개를 내밀고 소리쳤다.
"너 또 섹스하러 왔지?"
철수는 친구들로부터 10만 원씩 받아 창업했다.

슬픈 사인

죽어서 저승길을 가느라 영혼들이
줄지어 서 있었다.
천당 지옥을 재판 받기 때문에
한참을 기다려야 했다.
무료해진 사람들은 서로 인사를 나누었다.
앞뒤로 서 있던 사람들끼리 서로
친해질 수밖에 없었다.
나이가 비슷한 남자 영혼 셋도 인사를 나눴다.
"문재인이라 합니다."
"김두관이라 합니다."
"안철수라 합니다."
인사를 마치고 서로 비슷한 시기에
저승에 오게 된 사연을 털어놓게 되었다.
문재인이 한숨을 쉬며 말했다.
"제가 의처증이 좀 있어요.
어느 날 아침, 아내가 영 수상한 거예요.
그래서 아침에 출근한다고 나왔다가
다시 집으로 뛰어 들어갔지요.
우리 집은 이층이어서 정말 최대한 빨리 올라갔지요.

그런데 집을 아무리 뒤져도 아무도 없는 거예요.
잘못 생각했나 하고 마침 아래층을 보니
어떤 남자가 옷도 제대로 입지 못하고
헐레벌떡 뛰어가더군요.
그래서 화를 참지 못하고 옆에 있던
냉장고를 들어 던졌지요.
제가 특전사 출신이라 힘은 좀 쓰거든요.
그래서 그 사람은 죽고,
전 살인죄로 사형을 당했지요."
그러자 김두관이 문재인을 째려보며 말했다.
"전 늦잠을 자서 이장회의에 늦을까 봐
급히 뛰어나가는데 이층에서
냉장고가 날아와서 죽었지요."
어색한 침묵이 흐르고
두 사람이 안철수에게 물었다.
"당신은 왜 죽었나요."
그러자 안철수가 멋쩍은 듯 머뭇거리다 대답했다.
"제가 어떤 유부녀와 사랑을 하게 됐는데
마침 그 남편이 집으로 들어와서
안 들키려고 냉장고에 숨었지요.
워낙 의외의 곳이라 안 들킬 줄 알았는데
그 남편이 귀신같이 알고는
냉장고를 아래층으로 던지는 바람에 그만……."

행복

영국인, 프랑스인, 북한인이 함께 모여
담소를 나누었다.

영국인
"겨울밤 집에서 양털 바지를 입고
벽난로 앞에 앉아 있을 때가 가장 행복해."

프랑스인
"너희 영국인들은 너무 진부해.
금발 미녀와 함께 지중해로 휴가를 갔다가
돌아오는 길에 그냥 정리해 버리는 것이
가장 행복한 일이지!"

북한인
"한밤중에 누군가가 노크를 해서 문을 열어 보니
'김강철, 너 체포됐어!'라고 하는 거야.
그런데 김강철은 옆집 사람이거든?
우리는 이때가 가장 행복해!"

몰살의 이유

국회의원들을 태운 버스가
의원연수회에 가기 위해 밀양을 지나갔다.
밀양은 한전의 고압선 토지 강제 수용 문제로
민심이 안 좋은 곳인데, 하필 새벽에 버스가 절벽에서
한 농부의 밭으로 굴러떨어졌다.
아침 일찍 밭에 나간 농부는
죽은 의원들을 모두 땅에 묻었다.
경찰이 도착해서 물었다.
"정말 생존자가 하나도 없었나요?"
농부가 대답했다.
"몇 명은 아직 안 죽었다고 소리치더군요."
"그런데 왜 묻었나요?"
"정치인들 말을 어떻게 믿어요. 다 뻥인데."

대통령 관련 베스트셀러

1. 영구 집권은 없다 - **박정희 지음**

2. 쿠데타 길라잡이 - **전두환 지음**

3. 전두환 무작정 따라하기 - **노태우 지음**

4. 예순, 잔치는 끝났다 - **전두환·노태우 공저**

5. 대통령 일주일만 하면 노태우만큼 챙긴다 - **전경련 지음**

6. 어떻게 잡은 정권인데 - **김영삼 지음**

7. 저는 떡값을 하나도 모르는데요 - **김현철 지음**

8. 조금만 받았다고 말하면 세상이 즐겁다 - **김대중 지음**

9. 20대의 쿠데타, 60대의 내각제 - **김종필 지음**

10. 벙어리 삼룡이 - **최규하 지음**

11. 멈추면 비로소 보이는 조중동 - **노무현 지음**

12. 아프니까 4대강이다 - **이명박 지음**

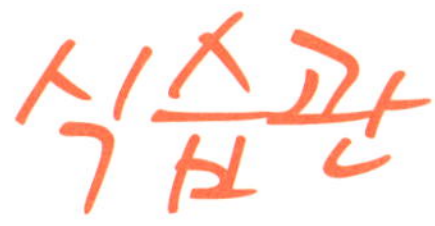

박근혜

어려서 부모님이 해준 음식이 인에 박혀서인지
먹을 줄 아는 음식의 종류가 다양하지 못하다.
세월이 흐르면서 새로운 음식들이 많이 나타났지만
그의 식탁은 언제나 그 나물의 그 밥이다.
특이한 것은 보통 사람들 같으면 코를 쥐고 버릴
아주 푹 쉰 김치들을 애호하여
악취에 민감한 사람들의 외면을 받기도 한다.
가끔 말을 해야 할 때 잘 안 해서
구설수에 오르기도 하는데
그건 악취 나는 음식을 섭취한 탓에
입을 열면 냄새가 날까 봐 그런다는 말이 있다.
세상 사람들이 그가 좋아하는 음식으로 다 아는
사덕김치나 종인무침만 해도 다른 집 같으면
이미 버렸을 법한 음식들이다.
이런 약점을 커버하기 위해
신장개업한 식당을 찾기도 하는데

그마저도 한나라식당을 새누리식당으로
간판만 바꾼 것으로 메뉴는 똑같아서
손님 끄는 데 차별성이 없다고 한다.
혹자는 예전에 폐업한 공화식당서부터 확보한
단골손님만으로 장사한다는 말을 듣는다.

안철수

담백한 음식을 좋아한다고 하는데
실제로는 어떤 음식을 먹든 이 음식을
좋아한다거나 싫어한다는 말을 안 하기 때문에
음식을 준비하는 입장에선 아주 힘들다.
기껏 만나서 먹을 땐 말이 없다가
나중에 그 음식과 별로 안 친한데
좋아한다고 소문이 났다든지,
그 음식을 즐겨 먹는다는 소문은 잘못된 것이라는
말이 나오기도 한다.
대외적으로 천명하는 좋아하는 음식은
깨끗한 채소들로 만든 비빔밥이다.
세상의 식재료들이 융합되어 만들어지는 맛을
좋아한다는 것인데,

새 누리
한나라
그밥
그나물
종인무침
사덕김치
메뉴

깨끗한 채소의 선별 기준이 너무 엄격해
입맛이 짧은 거 아니냐는 평을 듣기도 한다.
경철버거처럼 원래는 햄버거인데
오히려 주먹밥으로 더 수익성이 좋은
여러 맛과 풍모를 지닌 음식을 선호한다.
식성도 식성이지만 식당에서 메뉴를 고를 때도
장고에 장고를 거듭해 대기하는 웨이터의
진을 빼는 것으로도 유명한데
함께 밥을 먹는 사람들은 기다리는 여러 사람들을
생각해 좀 빨리 골랐으면 하는 소망을 가지고 있다.

근혜의 생각

어린이날이었다.
엄마가 근혜에게 한 동네에 사는
어떤 가여운 가족 이야기를 해주었다.
그 집에는 근혜보다 어린 소녀가장이 병든 엄마와
여러 명의 동생과 함께 힘들게 살고 있다는 이야기였다.
한참 이야기를 하던 엄마가 근혜에게 물었다.
"근혜야, 아빠도 없는 불쌍한 그 애한테
네 바비인형을 선물로 주면 어떻겠니?"
한참을 생각하던 근혜가 말했다.
"저, 인형 대신 아빠를 주면 안 될까요?"

옵, 옵, 오빠 어떤 스타일?

"정치, 어렵지 않아요.
내 수첩에 다 있어요."

환영의 이유

노무현 상가에 조문객들이 모였다.
끼리끼리 여기저기 자리 잡고
술을 마시고 노름판을 벌였다.
그런데 뒤늦게 MB가 들어오는 게 아닌가.
가해자가 피해자의 상가에 오다니!
사람들이 모두 불편해했다.
하지만 그는 아랑곳 않고 자기가 낄 자리를 찾았다.
한쪽엔 전직 대통령들이 모여 있었다.
MB는 얼른 그곳으로 갔다.
"아이고, 여기들 계셨군요.
저도 앉아도 되겠습니까?"
그러자 전두환이 말했다.
"자네도 기도원에 가서 한 몇 년 참회해야
앉을 자격이 생길 걸세."
노태우가 말했다.
"그러지 말고 받아 줌세, 불쌍하잖아!"
전두환이 짜증을 내며 물었다.
"왜?"

“잰 뒤를 돌봐줄 후임도 없잖은가.
물러나면 얼굴 보기 힘들 걸세.”
그러자 패를 쪼던 김영삼이 말했다.
“앉으라 그래, 난 환영일세.”
다들 의아한 표정을 짓자 김영삼이 말했다.
“나보다 화투 못 치는 호구는 쟤밖에 없잖아.”

서울은 없다

전직 대통령들과 있다간 다 털릴 것 같은지
MB는 다른 패를 찾았다.
한쪽을 보니 서울시장 선거에 나갔던 사람들이
화투도 안 치고 멀뚱멀뚱 앉아 있는 게 보였다.
"아니 다들 재밌게 노는데 여긴 왜 이러고 있습니까.
그러지 말고 서울시장과 인연 있는
사람들끼리 한판 칩시다."
그러자 오세훈이 그의 귀에 속삭였다.
"빨리 다른 데로 가세요. 더 있으면 욕먹어요."
"아니, 왜?"
"여긴 판을 안 준대요."
"그런 법이 어딨나, 조문객이 원하면 치는 거지."
그러자 박원순이 일어나 째려보며 말했다.
"어떤 놈이 서울시를 하늘에 바쳐서
우린 자격이 없다잖아."

박근혜식 위로법

MB는 너무 서운해서 그만 눈물이 났다.
구석에 혼자 서서 훌쩍이고 있는데
박근혜가 와서 위로해 주었다.
MB는 하소연했다.
"내가 물론 다 잘했다는 건 아니지만
세상 모든 잘못된 일이 다 내 탓이라 하니
정말 억울해 죽겠네."
그러자 박근혜가 말했다.
"그래도 내 탓이거니 하고 참으셔야지요."
MB는 너무 교과서적인 말을 하는 박근혜가 서운했다.
"아니 왜 나만 참아야 하나?"
그러자 박근혜가 수첩을 흔들며 싸늘하게 말했다.
"다 사실이잖아요!"

대권 주자들 도주법

박근혜

시작할 때 12시까지만 치겠다고 선언한다.

그리고 12시가 되면 치던 판도 중단하고 떠난다.

땄는지 잃었는지는 아무도 모른다.

수첩에 다 기록되어 있다.

안철수

머리가 좋아 잃는 법이 없다.

떠날 때가 되면 100만 원 정도 따는데

고비 때마다 너무 장고를 해서

치는 사람 열 받게 한 벌금으로

낸 돈이 50만 원쯤 되고

딴 돈의 반은 주식으로 준다.

문재인

자신이 직접 치는 것보다 광을 팔고 잘 죽는다.

중간에 가도 잡지 않는다.

김문수

일단 불리해지면 미묘한 규칙상의 문제가
발생할 때마다 "우리 경기도에서는 이렇게 안 쳐."
하고 나가리를 주장한다.
안 통하면 112에 불법도박으로 신고한다며
119에 전화한다.

김두관

일단 따면 쥐꼬리만한 이장 월급 생각해서
잃어 주어 고맙다고 한다. 고로 개평도 없다.
하지만 잃으면 마을회관에서 마을 방송으로
돈 따고 개평 안 준 사람들 욕을 한다.

이재오

돈을 따면 상대의 비싼 차를 잡고
싸게 후려쳐 돈을 빌려 준다.
자기가 잃으면 타고 온 자전거를
비싸게 쳐달라고 우긴다.
청와대에 전화하면 밥 살 돈이라면서
봉투가 오기도 한다.

정몽준

돈이 많아 잃어도잃어도 올인되는 법이 없다.
따는 것은 보지 못했고 아버지 때부터
쳤다 하면 거액이 투입된다.
아무리 잃어도 안 일어나다가
조기축구할 시간이라고 전화 오면 끝낸다.

대화의 기술

박근혜, 안철수, 정몽준, 이재오, 김문수가
회동하여 고스톱을 쳤다.
박근혜가 초반에 너무 많이 따자
정몽준, 이재오, 김문수는 박근혜가 룰을 어겼으니
나가리 판으로 해야 한다고 우겼다.
판이 깨질 지경이어서 안철수가 근심하고 있는데
박근혜가 셋을 데리고 잠깐 나갔다오더니
아무 일도 없던 것처럼 판은 계속되었다.
안철수가 물었다.
"뭐라 그랬기에 조용해진 건가요?"
"딱 한 마디 했어요."
"뭐라고 했는데요?"
"그딴 식으로 하면 너네들 판 끝나고 국물도 없다."

국물도없어
大權

고스톱에서 돈 따는 비결

안철수는 대선 후보자들과 한판 벌였다.
옆자리에 문재인이 앉았는데 자꾸 패를 양보해서
자기가 먼저 죽어 주는 거였다.
그래서 둘은 친해졌다.
"그렇게 자꾸 죽으면 돈은 언제 땁니까?"
안철수가 묻자 문재인이 대답했다.
"우리 동네에 이해찬이란 선배가
쳤다 하면 돈을 따는데 비법을 가르쳐 주기를
고스톱은 잘 죽는 게 돈 따는 비결이라더군요."
안철수가 갸우뚱했다.
"그래도 쳐야 돈을 따지 않나요?"
문재인이 웃으며 말했다.
"두 가지 수입이 있지요.
하나는 광 팔 때 광 파는 거고."
"또 하나는요?"
"돈 딸 것 같은 애 옆에 붙었다가
끝나면 개평 받지요."

기도

MB가 드디어 여당 군소 대선 후보들 판에 끼었다.
김문수가 짜증을 내자 이재오가 달랬다.
"여기서 한 사람을 밀어 줘서 저쪽 판으로 보내세."
그러자 정몽준이 물었다.
"그거하고 MB 끼워 주는 게 무슨 상관인가?"
그러자 이재오가 말했다.
"쟤는 어차피 철수나 근혜 중 누가 따도
독박 쓰게 되어 있어.
그러니 우리에게 잃어 줄 수밖에 없지."
그러자 MB가 결연한 표정으로 말했다.
"아닐세, 나도 최후의 카드가 남아 있어."
다들 궁금해서 물었다.
"그게 뭔가?"
그러자 MB가 씩 웃으며 말했다.
"쇼당 패를 들고 누가 내 편이 되어 줄 건지
협상하는 거지."
그리고 갑자기 기도를 하기 시작했다.

고스톱 판에도 계신 우리 아버지여!
우리들의 이름이 거룩히 여김을 받으시오며
싹쓸이의 한나라가 임하옵시며
뜻이 쓰리 고에 있는 것같이
흔들고 피박도 이루어지이다.
오늘날 새누리에게 일용할 쌍피를 주옵시고
우리가 민정당의 설사를 사하여 준 것같이
한나라의 낙장을 사하여 주옵시고
사사구통의 시험에 들게 하지 마옵시고
다만 보복의 피박과 광박에서 구하옵소서.
대개 쓰리고와 싹쓸이의 영광이
아버지께 영원히 있사옵나이다.
할렐루야 반띵! 아멘.

이해찬의 고스톱 강의

이해찬이 지나가다 안철수를 만났다.
이해찬이 고수라는 말을 들은 터라
안철수는 이해찬에게 조언을 구했다.
"정치는 한판의 고스톱일세."
이해찬이 고스톱의 열 가지 지혜에 대해 말했다.

1. 낙장불입

한번 뱉은 말은 다시 담을 수 없다네.
정치 발언을 하면 무조건 정치인이 되는 거야.
판은 자네 의지와 상관없이 계속 돌아간다네.

2. 비풍초똥팔삼

살면서 무엇인가를 포기해야 할 때
우선순위를 알아두면 위기를 극복할 수 있지.
CEO를 포기한 다음엔 서울대 교수를 포기하는 걸세.

3. 밤일낮장

인생에서는 밤에 해야 할 일과
낮에 해야 할 일이 정해져 있으므로
모든 일은 형편에 맞추어 해야 하네.

4. 광박

광 하나는 가지고 살아라.
인생은 결국 힘 있는 놈이 이긴다는
무서운 사실을 직시해야 하네.
자네도 결국 지지율이라는 광을
절대 놓치면 안 되네.

5. 피박

쓸데없는 피 한 장이 나중에 계산할 때
얼마나 큰 결과를 불러오는지 아는가?
고로 아무리 사소한 사람이라도
결코 소홀히 보지 않도록 주의하게.

6. 쇼당

정치도 현명한 판단력이 있어야 생존하는 법.
고스톱의 진수인 '쇼당'을 안다면
정치에서 양자택일의 기로에 섰을 때
대역전의 묘수를 만들 수 있지.

다만 상대가 그 쇼당 패를 들었으면
부르기 전에 빨리 스톱하는 게 상수네.

7. 독박

일단 고를 부르면
그 다음엔 어떤 고난도 감수해야 한다네.
잘 판단하게.

8. 고

암만 그래도 정치는 결국 고를 부르는 자의 것이네.
인생은 결국 승부이고, 도전 없이는 이룰 수 없지.

9. 스톱

바른 스톱은 안정된 투자 정신과
신중한 판단력을 증진시키며
미래의 위험을 내다볼 수 있는 예측력을 길러 준다네.

10. 나가리

실패한 정치 참여는
곧 나가리라는 허무를 깨닫게 해주어
그 어려운 노장사상을 단번에 이해하게 되니
혹시라도 나가리가 되면 자넨 이민 가는 게 좋을 걸세.

돈 잃는 이유

전두환이 전직 대통령들과
고스톱을 쳐서 자꾸 잃었다.
지갑을 보니 29만 원밖에 남지 않아
곧 거덜 날 지경이었다.
그래서 만만한 꾼들을 찾다가
박근혜와 안철수 판에 끼었다.
박근혜는 순서가 올 때마다 수첩을 꺼내 보고
안철수는 고를 부를 순간이 오면
시간을 질질 끄는 것이 누가 봐도 초보들이었다.
산전수전 다 겪은 노련한 전두환은
회심의 미소를 지으며 두 사람의 돈을 다 따서
본전을 회복하려 했다.
그런데 이게 웬일인가.
치는 족족 잃는 게 아닌가.
마치 두 사람은 전두환의 패를 다 알고 치는 것 같았다.
결국 돈을 다 잃은 전두환이 안철수의 멱살을 잡았다.
"너네 짜고 날 속였지?"
그러자 안철수가 고개를 저으며 말했다.
"니 패는 니 이마에 다 비쳐."

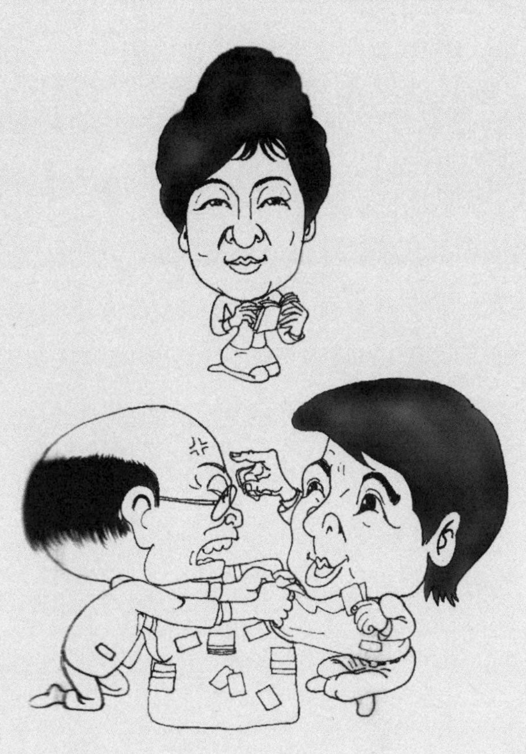

야식의 메뉴

박근혜가 쓰리 고를 불러서
안철수가 거덜이 나게 생겼는데
이명박이 쇼당을 걸었다.
이명박이 쌍피를 주면 안철수가 날 판이었다.
하는 수 없이 박근혜는 나가리를 만들고
비서에게 야식을 주문하라고 시켰다.
비서가 물었다.
"메뉴는 뭘로 할까요?"
박근혜가 이명박을 째리며 외쳤다.
"BBK치킨!"

장고의 이유

안철수가 3점이 나서 고를 부를지 스톱을 할지
결정할 순간이 됐는데 장고에 들어갔다.
마침 광을 팔고 쉬고 있던 문재인이 애가 타서 재촉했다.
"이건 못 먹어도 고패야!"
하지만 거덜이 나게 생긴 박근혜는
수첩을 들추며 말했다.
"안철수 씨, 고하면 날 확률은 절반밖에 안돼요.
신중하세요."
이명박은 입술을 씰룩거리며 패만 쪼고 있었다.
나중에 박경철이 안철수에게
그때 왜 그렇게 시간을 끌었냐고 물었다.
그러자 안철수가 한숨을 쉬며 말했다.
"이명박이 쇼당 부른다고 소곤대잖아.
진짠지 가짠지 알 수가 있나."

스톱의 이유

박근혜가 오광을 하고
피가 열두 장에 손에 쥔 쌍피가 다 굳은자로
바닥에 나와 있는데 스톱을 했다.
왜 그랬냐고 묻자 박근혜가 말했다.
"이런 경우에 어떻게 해야 하는지는
수첩에 안 나와 있어."

역대 대통령들의 노름판 도주법

고스톱에서 돈을 많이 따면
사람들은 돈을 가지고 빠져나갈 궁리를 한다.
정치인들의 유형을 보면,

전두환

노태우가 실수로 피 한 장 더 가져가면
속인다고 화를 내며 판을 엎는다.
그리고 지갑에 29만 원밖에 없으니
딴 것도 없다고 그만 치자고 한다.

노태우

사돈에게 담배 심부름시키면서
딴 돈을 조금씩 빼돌린다.
나중에 계산이 아귀가 안 맞아
고소하네 마네 소동을 부린다.

김영삼
현철이를 불러 애가 공부를 열심히 해서
백점 받아 왔다고 자랑하며
격려금을 주는 척 돈을 빼돌린다.
이게 어른들에게 밉보여 나중에 현철이는
세배를 가도 세뱃돈을 받지 못하는 피해를 본다.

김대중
부인이 밤참으로 국수를 했는데
늦으면 불어 못 먹는다고 먹고 오겠다고 간다.
나중에 딴 돈의 오분의 일만 줘서
박지원이 대타로 온다.

노무현
도주한 적이 없다.
만날 다 잃어서 밀짚모자 쓰고 고리를 뜯는다.
고리 떼는 규정이 까탈스러워 돈 딴 자들의
원성을 사 판에서 축출당한다.

이명박
12시만 넘으면 새벽기도 가야 한다고 일어난다.
그러면서 교회 잘 다니면 돈도 잘 딴다고 말해 속을 긁는다.

딴 돈은 다 내놓고 간다고 지갑을 꺼내 보여 주는데
떠나는 뒷주머니가 불룩하다.
돈은 동생이 따고 개평은 형이 받는다.

지능지수 비교

돈을 다 잃은 전두환이 상심해 있는데
어디선가 돈을 준다고 해 사람들을 따라갔다.
그곳은 나로우주센터였다.
새로 쏘아 올릴 우주선에 탈 승무원을 구하는데
우리나라 인공위성이 번번이 실패를 하는 터라
살아 돌아올 확률이 거의 없었다.
그래서 지원자에게 돈을 많이 주겠다는 거였다.
노태우가 말했다.
"100억 주면 가겠네. 어차피 난 오래 못 살 테니."
그러자 전두환도 지원했다.
"아냐, 난 그래도 200억은 줘야 하네. 난 건강하거든."
그러자 김영삼이 조용히 우주센터 직원을
구석으로 데려가서 말했다.
"두말 말고 내게 200억을 주게.
그러면 자네도 나도 좋을 걸세."
우주센터 직원이 그게 무슨 말이냐고 물었다.
김영삼이 씨익 웃으며 말했다.
"우리 둘이 50억씩 나눠 가지고
100억은 노태우를 주면 되잖아."

고스톱과 섹스의 공통점

1. 맨바닥에서 하면 좀 힘들다.

2. 하고 나면 무릎이 아프다.

3. 하다 보면 꼭 싼다.

4. 하다 보면 날 새는 줄 모른다.

5. 오래 하면 건강에 해롭다.

고지식한 철수

철수가 사막을 헤매고 있었다.
낙타를 타고 아무리 걸어도 끝이 보이지 않았다.
"아, 이러다가 죽는 건 아닐까.
난 아직 숫총각인데, 한 번도 못하고 죽다니."
철수는 너무 원통해 낙타의 엉덩이에 대고
그 짓을 하기로 했다.
그런데 망할 놈의 낙타가 자꾸 비켜서며
계속 뒷발로 찼다.
한참 낙타와 씨름을 하고 있는데 저쪽 사막에서
매력적인 근혜가 비틀거리며 다가왔다.
철수 앞에 선 근혜가 간절한 목소리로 말했다.
"물 좀 주세요. 물만 주신다면 뭐든지 하겠어요."
철수는 음흉한 눈빛으로 근혜를 보며 물을 주었다.
이윽고 물을 달게 마신 근혜가 철수에게 말했다.
"정말 고마워요. 약속한 대로 뭐든
당신이 시키는 대로 하겠어요. 원하는 게 뭐죠?"
이에 철수가 근혜의 손을 잡고 나지막이 말했다.
"저, 낙타 뒷다리 좀 잡아 줘요."

마술거울

근혜 왕비가 마술거울에게 말했다.
"거울아 거울아, 내 처진 젖가슴을
탄력 있게 만들어 다오."
그러자 신기하게도 근혜 왕비의 가슴이
부풀더니 섹시하게 변했다.
이를 몰래 지켜보던 철수 시종이
왕비가 자리를 비운 사이에 얼른 거울 앞에 섰다.
철수는 목소리를 가다듬고 이렇게 말했다.
"거울아 거울아, 내 물건을
땅바닥에 닿도록 해다오."
그러자 갑자기 철수의 다리가
점점 짧아지더니 마침내 물건이 땅에 닿았다.

공처가의 항변

공처가 MB의 집에 친구가 놀러 왔다.
마침 MB는 앞치마를 빨고 있었다.
그 광경을 보고 친구가 말했다.
"한심하군. 마누라 앞치마나 빨고 있다니."
이 말에 MB가 버럭 화를 냈다.
"말조심하게. 내가 어디 마누라 앞치마나
빨고 있을 사람으로 보이나? 이건 내 거야!"

목 놓아 우는 이유

근혜개미가 명박코끼리 형제와 사이좋게 지냈다.
어느 날, 명박코끼리 형제가 교통사고로
유명을 달리했다.
이에 근혜개미는 땅을 쳐가며 서럽게 울었다.
그 광경을 보고 지나가던 토끼가 말했다.
"근혜개미님은 정말 고운 마음씨를 가지셨군요."
그러자 근혜개미가 더욱 서럽게 울며 말했다.
"모르는 소리 말아요.
어이구, 저걸 언제 다 파 묻어.
덩치나 작아야지. 그것도 두 구덩이를
파야 하니, 어이구."

두관 할아버지 서울 상경기

촌사람 두관 할아버지가 서울에 올라와
지하철을 탔다.
두관 할아버지는 잠시 두리번거리다
아리따운 근혜 아가씨 앞에 섰다.
속으로 '자리를 양보하겠지' 기대하면서.
그러나 근혜 씨는 이어폰을 꽂은 채
바닥만 내려다보았다.
'음, 날 쳐다봐야 할 텐데.'
한참 지나도 근혜 씨가 모른 체하자
두관 할아버지는 앉는 걸 포기했다.
그런데 딸에게 주려고 시골에서 가져온
고추 자루가 너무 무거워 땀이 쏟아졌다.
견디다 못해 두관 할아버지가 말했다.
"샥시, 이 자루를 의자 밑에 넣게
다리 좀 치워 보슈."
하지만 이어폰을 꽂은 근혜 씨는

꼼짝도 하지 않았다.
이에 잔뜩 화가 난 두관 할아버지가
버럭 소리 질렀다.
"샥시, 거 다리 좀 벌려 봐! 고추 좀 넣게!"

새마을

재인과
근혜의 데이트

재인과 근혜가 데이트를 하고 있었다.
그런데 마침 돈이 다 떨어져 재인은
꾀를 하나 생각해 냈다.
벽에다 소변을 보아 누가 더 높게 싸는지
내기를 하여 진 사람이 저녁을 사기로 한 것이다.
근혜가 먼저 일을 보았다.
그것을 보고 재인이 가소로운 듯 웃으며 말했다.
"겨우 60센티미터냐? 잘 봐."
재인이 잔뜩 폼을 잡고 물건을 꺼내
발사하려는 순간, 근혜가 단호한 목소리로 말했다.
"어허, 손 놓고!"

아메리칸드림

근혜는 친한 친구와 아메리칸드림을
이루기 위해 미국 할리우드로 건너갔다.
둘은 따로 살면서 미국 생활에 적응해 갔다.
일 년 뒤, 두 친구는 우연히 LA에서 만났다.
친구가 물었다.
"어머! 너 요즘 어떻게 지내니?"
근혜가 말했다.
"응. 좀 느지막이 출근해서 사장들이랑 어울려
가끔 드라이브도 하고, 저녁에는
멋진 호텔에 가서 저녁 먹고 그렇지 뭐.
그런데 너는 뭐하고 지내니?"
이에 친구가 심드렁하게 말했다.
"응. 너랑 똑같은 콜걸이야."

특전사식 노크

특전사를 제대한 재인이 결혼했다.

결혼한 지 일주일밖에 안 된 부부는 더없이 행복했다.

재인은 회사에서 퇴근하자마자 부리나케

꽃과 선물을 사서 양손에 들고 집으로 향했다.

집 앞에 도착한 재인은, 왼손에는 꽃을

오른손에는 선물을 들고 있으면서도

대문을 쾅쾅 두들기면서 아내에게 소리쳤다.

"자기야, 나 왔어! 빨리 문 열어서

내가 지금 뭐로 대문을 두드리고 있는지 나 좀 봐~라~."

노총각 철수의 비극

노총각 철수가 이웃의 노처녀 근혜를
짝사랑하고 있었다.
철수는 그저 바라만 볼 뿐
말도 걸어보지 못하고 애만 태웠다.
이를 불쌍히 여긴 마을 이장 김두관이 철수에게
근혜의 특이한 행동에 대해 귀띔해 주었다.
"이보게, 밤 11시쯤 그녀의 집 헛간에 가서
벽에 박혀 있는 오이를 빼고 그곳에
자네 거시기를 대신 끼워 놓고 기다리게.
그럼 아주 황홀한 일이 일어날 걸세."
철수는 기뻐 어쩔 줄 몰랐다.
철수는 이장에게 몇 번이나 감사인사를 하고
10시 50분에 그녀의 헛간으로 달려갔다.
정말 11시가 되자 근혜가 헛간으로 들어왔다.
철수는 재빨리 벽 뒤로 돌아가
벽에 박힌 오이를 뽑고 자신의 거시기를
대신 끼워 넣었다.
그런데 잠시 후, 헛간에서 째지는 비명소리가

하늘을 갈랐다.
여기저기 불이 켜지고 이내 앰뷸런스가 들이닥쳤다.
이윽고 앰뷸런스에 실려 나가던 철수가
이장을 보자마자 절규하듯 외쳤다.
"씨바, 그 짓하기 전에 낫으로 껍데기 깐다는
얘기는 왜 안 했어요!"

'훔쳤다'의 미래형

국어시간이었다.
과거형과 미래형에 대해 가르치던 선생님이
철수에게 물었다.
"훔치다의 과거형이 뭐지?"
"훔쳤다 입니다."
"그러면 미래형은?"
"그야 뭐, 교도소지요!"

세 번째 이야기

열 받다가도
빵 터지는

"너무 순해 보인다고요?
이래 뵈도 특전사 출신입니다."

오해 1

철수와 근혜가 데이트를 했다.
근혜가 물었다.
"지금 뭐 하고 싶어?"
철수가 머뭇거리다 말했다.
"저, 그거……."
"그게 뭔데?"
"달콤하면서도 은밀한……."
"그게 뭔데?"
"진한 거……."
"?"
"분위기 잡으면서 먹는 거……."
"아이, 참! 그게 뭐냐니까?"
"거 왜 종류도 많고……
하루에도 몇 번씩 먹고 싶은……."
"알 것 같긴 한데, 좀 더 구체적으로 말해 봐."
"거 왜 남녀가 키스하면서 최고야 하는……."
순간 따귀를 맞은 철수가 말했다.
"커피 마시러 가자."

오해2

철수가 머뭇머뭇 말했다.
"나 자기랑 꼭 하고 싶은 게 있어."
근혜는 커피를 오해해 뺨을 때린 게
미안해 얼른 말했다.
"뭔데?"
철수는 느릿느릿 말했다.
"순간의 쾌락……."
"그게 뭔데?"
철수는 작심한 듯 말했다.
"한번 해보고 싶었지만 용기가 없어 못했어.
잘못하면 다칠 것 같아 무서웠거든.
친구들은 다 한 번씩 해봤다고 자랑하는데
나만 못 했어."
근혜가 이해한다는 듯 고개를 끄덕였다.
"그랬구나. 하지만 난 잘 모르겠는데……."
"거 왜 있잖아. 맛들이면 자주 하고,
남이 하는 걸 봐도 재밌고……."
근혜는 얼굴이 붉어졌다.

"아이, 참. 난 몰라."
"꼭 우리 둘이 해보고 싶어."
그래서 둘은 손 꼭 잡고 시내를 떠나
먼 곳으로 여행을 가서
번지점프를 했다.

바나나

바나나를 무척 좋아하는 근혜가
퇴근길에 바나나 세 개를 사 들고 지하철에 탔다.
지하철이 초만원이라 바나나가 뭉개질까 걱정되었다.
고민 끝에 근혜는 바나나를 양쪽 바지 주머니와
뒷주머니에 하나씩 넣었다.
하지만 이리저리 밀리는 통에 그만
양쪽 주머니에 있는 바나나가 뭉개지고 말았다.
성한 바나나는 뒷주머니에 있는 것뿐이었다.
근혜는 그것마저 뭉개질까 봐 꼭 움켜쥐었다.
한참 뒤, 근혜의 뒤에서 한 아저씨가 툭툭 치며 말했다.
"놔요. 저 여기서 내려야 돼요."

섬 이야기

이 섬에는 여러 종류의 동식물들이 산다.
사람들에게 좋은 식물도 있지만
해가 되는 식물도 있다.
원산지가 불분명한 외래 식물인 비리명박은
박의 일종이지만 특히 그 폐해가 심하다.
덩굴을 사방에 뻗쳐 줄줄이 열매를 맺는데
자기 힘으로 사는 게 아니라 다른 식물에 빌붙어
그들의 양분을 빨아먹고 살기 때문에 그들 주변의
식물들은 시름시름 앓다가 시들어 죽는다.
이 식물은 특히 강을 좋아해 강마다 발견되니
이들이 모여 있는 곳을 이익이 있는 곳에
비빈다 해서 '비리'라 부른다.
비리에서는 설사약을 뽑아내는데
이를 '수의계약'이라 부른다.
그리고 어류를 살펴보자면
'정치'라는 물고기들이 득실득실한데
이 고기를 잡아 회를 뜬 것을 '국회'라고 한다.
곤충으로는 이 섬에 서식하지는 않지만

어딘가에 열심히 꿀을 갖다 바치는
'5대 재벌'이 있으며, 운반 중에 떨어진 꿀들을
주워 먹는 ×파리들이 있다.
그 중에 SK라는 벌은 ×구멍의 출혈이 심해
병원에 입원 중이며,
또 어떤 벌은 엄청난 양의 꿀을 긁어모아
누구도 손댈 수 없는 큰 성을 지었는데
사람들은 그 성을 '3성'이라 부른다.
한편, 이 섬에는 어마어마한 양의 금이 묻혀 있는데
채광 장소와 시기에 따라
'대선자금', '총선자금', '정치자금' 등으로 부르며
이를 캐는 광부들을 '중수부'라 부른다.

우는 아이가 있는 풍경

어린 MB가 서럽게 울고 있었다.
지나가던 아저씨가 물어봤다.
"너 왜 이렇게 울고 있니?"
그러자 어린 MB가 대답했다.
"형이 날 두고 학교에 갔어요.
친구들도 다 학교에 갔어요.
이제 나만 남았어요.
다 같이 놀고 다 같이 먹었는데
나도 학교 갈래요."
아저씨가 말했다.
"그래 가려무나. 아마 네가
가기 싫다고 해도 가게 될 거야."

의처증 철수

의처증이 심한 철수가 출장에서 돌아왔다.
철수는 집에 들어가기 전에
아파트 경비 아저씨에게 물었다.
"아저씨, 저희 집에 아무도 안 왔나요?
예를 들면 낯선 남자라든가?"
경비 아저씨가 대답했다.
"어제 철가방을 든 청년이 한 번 오고
아무도 안 왔습니다."
"다행이군."
철수는 안도의 한숨을 내쉬며 엘리베이터로 향했다.
그때 수위 아저씨가 한마디 덧붙였다.
"근데, 그 청년 아직 안 내려왔수다."

새누리당

할머니가 귀가 잘 안 들려서
아들과의 대화에 답답함을 겪었다.
"이번에 박근혜가 한나라당 이름을 바꿨대요."
아들이 이렇게 소리 지르자 할머니가 좋아했다.
할머니는 박근혜의 열렬한 지지자였던 것이다.
"그래 뭘로 바꿨다니?"
"새누리당이요."
"뭐라고? 안 들려."
"새 누 리 당이요!"
할머니가 무릎을 탁 쳤다.
"거, 이름 좋구나. 새누이당이라."

국회의원의 고백

새로 국회의원이 된 소감을 묻자
사기 전력이 있는 초선의원이 말했다.
"국회의원이 되고 세 번 놀랐습니다.
첫째는, 나 같은 사람도
국회의원에 당선될 수 있어서 놀랐구요.
둘째는, 국회에 갔더니 다 나 같은 사람들이
국회의원이라고 앉아 있어 놀랐어요.
그리고 셋째는, 이런 사람들이 국회에 있는데도
그런대로 나라가 잘 돌아가고 있어 놀랐지요."

역대 정권과 김치

박정희 정권 보쌈김치(납치)

전두환 정권 깍두기(폭력)

노태우 정권 물김치(우왕좌왕)

김영삼 정권 파김치(IMF)

김대중 정권 갓김치(코를 탁 쏨)

노무현 정권 겉절이(아마추어)

이명박 정권 묵은지(푹 썩음)

여자가 남자보다 우월한 이유

안철수와 미모의 애인 사이에 논쟁이 붙었다.

안철수가 말했다.

"아무리 그래도 역사상 위대한 인물들은
남자가 압도적으로 많았지."

그러자 애인이 말했다.

"그래도 여자가 우월하다는 확실한 증거가 있어요."

안철수가 궁금해서 물었다.

"그게 뭔데?"

"지금 남자는 여자보다 열등하다는 말을
세 번 외치면 내 가슴 만지게 해줄게요."

"남자는 여자보다 열등하다.
남자는 여자보다 열등하다.
남자는 여자보다 열등하다."

응급환자

어느 날, 대통령과 주요 각료 고위인사들이
회의에 참석하기로 했다.
가던 도중 연쇄 교통사고가 발생해서
모두 긴급히 병원으로 후송되었다.
기자들이 이 소식을 듣고 병원으로 달려왔다.
얼마 후, 의사가 밖으로 나오자
기자들의 질문이 이어졌다.
"대통령은 구할 수 있습니까?"
의사는 찌푸린 얼굴로 고개를 가로저었다.
"대통령은 가망이 없습니다."
"국무총리는 어떻습니까?"
의사는 또 고개를 가로저었다.
"역시 가망이 없습니다."
기자들이 이구동성으로 물었다.
"그럼 누구를 구할 수 있습니까?"
그러자 의사가 의기양양한 목소리로 외쳤다.
"우리나라를 구할 수 있게 됐습니다!"

초점

이명박 대통령이 조중동과 기자회견을 했다.
"경제 활성화를 위해 10만 명의 부자들 세금을
면제해 주고 한 명의 기자를 구속할 것입니다"
기자들이 놀라서 물었다.
"기자는 왜 구속하는 겁니까?"
그러자 옆에 있던 총리가 속삭였다.
"각하! 제 말대로죠? 10만 명의 부자 세금은
왜 안 받냐고 물어보지도 않잖아요."

의좋은 형제

명박과 상득이 산책을 하며 대화를 주고받았다.
"형님, 형님한테 좋은 소식이 있습니다."
"그게 뭔데?"
"제가 국민들로부터 사랑받는
훌륭한 대통령이 되면 형님이 저한테
30억을 주겠다고 하셨죠?"
"그랬지."
"기뻐하세요, 형님. 그 돈 굳었어요."

뺨 맞은 이야기

철수가 PC방 알바를 하는데
손님 근혜가 음료수를 주문했다.
그 음료수는 냉장고 맨 아래 칸에 있었다.
철수가 쪼그리고 앉아 음료수를 꺼내는데
미니스커트를 입은 근혜가 화를 내며 뺨을 때렸다.
"왜 때리시는 겁니까?"
근혜가 소리쳤다.
"니가 내 치마 속을 훔쳐봤잖아."
철수는 너무 억울했다.
"전 이 음료수를 꺼냈을 뿐입니다."
근혜가 보니 순진해 보이는 얼굴이
거짓말을 하는 거 같지는 않았다.
"미안해요. 내가 오해했나 보네."
철수는 화가 나서 책상에 머리를 묻고
아무 말도 하지 않았다.
무안해진 근혜가 나가자 철수가 중얼거렸다.
"빨간색 망사팬티……."

직진밖엔 난 몰라

근혜가 답답하다며 드라이브에 나섰다.

그런데 가다 보니

가면 안 되는 일방통행 길이 나왔다.

하지만 그냥 달렸다.

공사중이란 푯말이 나왔다.

그냥 달렸다.

차가 반이나 부서졌다.

그래도 그냥 달렸다.

기삿거리라며 기자들이 따라붙었다.

"지금 뭐 하시는 겁니까?"

근혜는 질문에 대답하지 않고 그냥 달렸다.

가다가다 막다른 길이 나왔다.

마침내 차가 멈춰 섰다.

기자들이 물었다.

"역시 스타일대로 직진만 하시는군요"

그러자 근혜가 말했다.

"우쒸, 핸들이, 핸들이 안 꺾여."

4대강 이야기

MB는 젊은 시절 목숨보다 사랑한 여자가 있었다.

하지만 여자는 그가 싫었다.

여자가 거절의 말을 돌려서 했다.

"우리 사랑은 4대강이 합쳐져야 가능해요."

그래서 4대강 사업이 시작됐다.

근혜가 말했다.

"여자의 마음만 읽으면 10원도 안 드는 일인데……."

문재인이 거들었다.

"차라리 솔직하게 니가 싫다 하지."

안철수도 한마디 했다.

"4대강 바이러스는

주변의 환경부만 돌려도 잡을 수 있었지요."

결정적으로 김용옥이 말했다.

"그 여자 하리수야."

대통령 후보자가 많은 이유

A가 물었다.
"유력하지도 않은데
왜 이렇게 후보가 많이 나오지?"
B가 말했다.
"안정적이잖아."
A가 뭔 소린 줄 모르고
고개를 갸우뚱거리자 B가 다시 말했다.
"누가 해도 MB보다 못하진 않을 거잖아."

나만 내냐?

MB가 택시를 탔다.
요금이 4천 원 나왔는데
MB는 당연하다는 듯 2천 원만 냈다.
화가 난 기사가 돈을 더 달라고 하자
MB가 난리를 피우며 소리쳤다.
"이 사람아, 나만 내?
당신도 같이 타고 왔잖아. 반띵!"

반딩!!
TAXI

김정일 만세!

북한 노동자가 강에서 큰 물고기 한 마리를 잡았다.
그는 기쁜 마음으로 집에 돌아와 아내에게 말했다.
"이것 봐. 우리 오늘 물고기 튀김을 먹을 수 있겠어!"
"기름이 없잖아요?"
"그럼 찜을 하자."
"솥이 없어요!"
"그럼 구워 먹자."
"땔감이 없는데…….'
화가 난 노동자가 다시 강으로 가서
물고기를 놓아 줬다.
물고기는 오른쪽 지느러미를 치켜들고
흥분된 목소리로 크게 외쳤다.
"김정일 장군님 만세!"

아담과 이브의 국적

미술관에 아담과 이브가 사과를 들고 있는
그림을 두고 영국인이 말했다.
"이들은 영국 사람이다.
남자가 맛있는 것이 있으면
여자와 함께 먹으려고 하니까."
프랑스인이 말했다.
"이들은 프랑스 사람이다.
누드로 산책하고 있으니까."
그러자 북한 사람이 말했다.
"이들은 조선 사람이 분명하다.
옷도 없고 먹을 것도 적은데
자신들은 천국에 있다고 생각하고 있으니까."

제목 뽑기

김정은이 집단농장에 현지시찰을 나갔다가
귀여운 돼지들을 보고 순간 기분이 좋아서
돼지들 가운데 서서 기념사진을 찍었다.
신문에서 이 사진을 보도하려고 하는데
편집자는 사진 제목 때문에 난처해지고 말았다.

"음…… '김정은 동지가 돼지와 함께 계신다.'
이건 아닌 것 같고, '돼지가 김정은 동지와 함께 있다.'
이것도 아닌 것 같은데……."

결국 신문이 나왔다.
사진 밑의 제목은 다음과 같았다.

왼쪽 세 번째 분이 김정은 동지다!

티아라 사태를 빚는 정치권의 논평

이정희(전 통합진보당 대표)

이런 문제를 방치한 소속사와 멤버는
침묵의 형벌을 받아야 한다.
하지만 알려진 문제들은 입증되지 않고
부풀려진 날조일 가능성이 많다.

안철수

팬들의 사랑의 매라 생각하고 달게 받아라.

박근혜

조사해 보면 누가 잘못한지 나올 테니 그때 얘기하자.

김두관

민심은 천심이다.
전국 이장 협의회를 열어 논의하겠다.

박지원

왕따는 사실무근이다.

누군가 티아라를 음해하려 하는 세력이 있다.

만약 왕따가 있었다면 목포역전 앞에서 할복자살하겠다.

경상도식 성교육

성교육 시간에 소년 철수가 선생님께 질문했다
"생님요, 남자랑 여자가 그걸 하면
여자가 더 좋다는데 참말인교?"
"자슥아, 생각을 해보래이.
손가락으로 콧구멍 후비면 손가락이 더 시원하겠나,
아니면 콧구멍이 더 시원하겠나?"
"그럼 성폭력이 나쁜 제일 큰 이유는 뭡니꺼?"
"참말로 답답하데이.
니는 길거리에서 남이 니 콧구멍 후비면 좋겠나?"

만개

신입생 환영회에서 떡실신이 되도록 과음한 근혜가
밖으로 나왔다가 노상방뇨를 했다.
그런데 술에 취한 남자가 지나가다 그걸 봤다.
"아가씨, 지금 흐르는 그 물이 뭡니까?"
얼굴이 빨개진 근혜가 둘러댔다.
"예~ 샴페인입니다. 지금 파티를 하는 중인데
아마 굴러다니다 깨진 모양입니다."
한편 그 남자는 바지 지퍼가 열린 줄도 몰랐는데
지퍼 사이로 삐죽 내민 물건이 보였다.
그걸 보고 근혜가 물었다.
"아저씨, 이건 뭐죠?"
남자가 당당하게 말했다.
"예~ 이건 샴페인 병마개입니다."

유치원

정몽준이 경선을 포기하고 인터뷰에서 말했다.
"새누리당은 박근혜 유치원이다."
박근혜 캠프에서 곧 바로 성명이 나왔다.
"걔가 반장이었다."

갈 건 가야지

홍사덕은 인터뷰에서
"안 교수의 경우, 국가 지도자로서의 리더십을
검증받은 바 없어 청춘콘서트 등을 통한
젊은 층의 팬덤이라 생각한다.
차인표 씨가 나왔어도 비슷했을 게다."
라고 밝혔다.
안철수 쪽에서 반응이 나왔다.
"아직 이라크 안 갔나?"

2012 런던올림픽, 펜싱 오심에 대한 정치권의 반응

안철수

시계든, 계시원이든, 심판이든 분명
신종 바이러스에 감염됐다.

박근혜

큰일을 하려는 사람이
지나간 1초에 연연해서 미래를 그르치면 안 된다.

이명박

새벽기도 때 소망교회 목사님께 물어보겠다.

홍사덕

젠장, 박용성은 영입 못하겠네.

박지원

오심이 아니면 런던탑 앞에서 할복자살한다 해라.

말 좀 듣지

몹시 추운 겨울날
철수가 여행을 갔다가 길을 잃고 헤맸다.
그러다가 간신히 할머니가 운영하는
허름한 여인숙을 찾아서 투숙했다.
자려고 누웠는데 할머니가 노크를 했다.
"불-러 줄까?"
철수는 점잖게 거절했다.
"전 그런 사람이 아닙니다."
얼마 후, 할머니가 또 노크했다.
"총각, 불-러 줄게."
철수는 화를 냈다.
"전 한 번 아니라면 아닌 사람입니다."
다음 날 철수는 여인숙 방에서 얼어 죽은 채 발견됐다.
경찰이 조사를 나오자 할머니가 말했다.
"거참, 요상하네요. 내가 불 넣어 준다니까
한사코 거절을 하더라고요."

근혜의 한계

근혜는 원래 만주 최고의 무사
박정희 집안의 장남이었다.
그의 가문은 언제나 최고가 되는 것이 목표였다.
근혜도 어려서부터 검법을 배웠고
그의 목표는 언제나 천하제일 고수였다.
어느 날 중원에 세계 최고의 검술비급인
〈해동검보〉가 출현했다.
그래서 그 비급을 차지하기 위해
중원의 고수들이 혈전을 벌였다.
근혜도 나섰다.
결국 황산에서 중국의 내로라하는 고수들이
비급을 놓고 최후의 일전을 벌였다.
사흘 밤낮을 싸운 끝에 마지막까지 남은
한 사람은 근혜였다.
피에 젖은 비급을 떨리는 마음으로 열어보니
과연 엄청난 검법이 담겨 있었다.
그런데 그 책의 서문에 이렇게 쓰여 있었다.
'성기절단야' 즉, 이 검법을 배우려면

성기를 잘라야 한다는 말이었다.
근혜는 주저하지 않고 거세하여 고자가 되었다.
그에게는 천하제일인이 되는 것만이 중요했던 것이다.
근혜는 동굴로 들어가
3년 동안 그 검법을 연마했다.
모든 초식을 익히고 마지막 한 초식만 남았는데
그게 도무지 해독이 안 되었다.
그래서 무림의 현자라 불리는 JP에게 알아보니
그 책의 원본이 조선말로 되어 있으니
조선말을 배워서 원본을 보는 것이
좋을 것이라는 답을 들었다.
근혜는 조선말과 글을 열심히 공부했다.
조선말은 중국말보다 형용사가 다채롭게 많아서
수첩에 단어들을 써놓고 밤낮으로 외어야 했다.
무림인들은 그런 그를
천하제일 수첩공주라 부르며 존경했다.
조선말과 글을 익힌 후
근혜는 비급의 원전을 찾아 조선으로 넘어갔다.
수소문 끝에 원전이 포항의 MB라는 무사에게
있다는 걸 알게 되었고
근혜는 그를 찾아가 도전했다.
하지만 원본을 가진 MB는 만만한 상대가 아니었다.

그녀는 거의 다 이겼다고 생각한 순간
역습을 당해서 지고 말았다.
그래서 그의 밑에서 5년 간 머슴을 살아야 했다.
5년째 되던 날, 근혜는 MB가 없는 틈을 타
안방으로 숨어들어갔다.
그리고 〈해동검보〉 원본을 손에 쥐었다.
떨리는 손으로 첫 장을 열어본 그는
곧 바로 절망하고 말았다.
서문에는 이렇게 적혀 있었다.
"이 검법을 완성하려면 보통의 노력으로는 안 된다.
좆 빠지게 열심히 해야 된다!"

같은 이유,
다른 이유

김정일과 푸틴 대통령이
모스크바에서 회담을 가졌다.
휴식 시간에 두 사람은 너무 심심하여
누구의 보디가드가 더 충성심이 있는지 내기를 했다.
푸틴이 먼저 자신의 보디가드를 방으로 불러
창문을 열고 말했다.(그곳은 20층이었다.)

"야! 뛰어 내려!"
보디가드가 울먹이면서 말했다.
"대통령님, 어찌 이런 일을 시키십니까?
저에게는 아내와 아들이 있습니다!"
이내 푸틴은 눈물을 흘리며
그에게 사과하고 밖으로 내보냈다.

이어서 김정일이 자신의 보디가드를 불렀다.
"자, 여기서 뛰어내리라우!"

보디가드가 두말없이 뛰어내리려고 하자
푸틴이 그를 덥석 끌어안으며 말렸다.
"너 미쳤어? 여기서 뛰어내리면 죽어!"
그러자 보디가드가 창밖으로 뛰어내리려고
발버둥 치며 말했다.
"날 놓으라! 내게는 아내와 아들이 있어!"

좋은 소식, 나쁜 소식

손학규과 문재인은 주말마다
아마추어 야구단에서 활동했다.
야구가 없는 인생은 생각하기도 싫었다.
재인이 학규에게 말했다.
"우리 나중에 죽으면 먼저 저승에 간 사람이
저승에서도 야구를 할 수 있는지 알려주도록 하세."
"좋아. 그렇게 하세."
두 사람은 손가락을 걸고 약속했다.
세월이 흘러 학규가 먼저 세상을 떴다.
그 얼마 뒤 재인의 꿈에 학규가 나타나 말했다.
"좋은 소식과 나쁜 소식이 있는데
어떤 것부터 알려줄까?"
"좋은 소식부터 알려주게."
"저승에도 야구 리그가 있네."
"그럼 나쁜 소식은 뭔가?"
"다음 주 선발투수가 자네야."

천국의 근심

MB가 천국의 호출을 받았다.
'드디어 내 신앙심을 하늘이 알아주는구나.'
MB가 하늘에 도착하자 베드로가 소리쳤다.
"네놈 때문에 천국이 파산하게 생겼다!"
"그게 무슨 말입니까?"
그러자 베드로가 종부세 고지서를 팽개치며 말했다.
"야, 인마! 이게 다 네가 서울을 통째로
우리에게 넘겼기 때문이야!"

MB의 방귀

MB가 주치의에게 말했다.
"난 방귀 때문에 걱정입니다.
냄새는 하나도 안 나는데 소리가 너무 커서 말예요."
"한번 꿔 보시오."
MB는 뿌앙— 하고 방귀를 꿨다.
그러자 주치의가 코를 움켜쥐고 외쳤다.
"당장 입원해! 당신 코 막혔어!"

나이

나이가 은근히 신경이 쓰이는 노처녀 근혜는
외모에 신경을 많이 썼다.
그래서 나이에 비해 동안이라는 말을 자주 들었지만
항상 주변 사람들에게 확인하곤 했다.
어느 날, 자주 가는 식당에서 종업원에게 물었다.
"내가 몇 살로 보여?"
아가씨가 대답했다.
"61세요."
근혜가 놀라 물었다.
"아니 어떻게 알았지?"
그러자 아가씨가 말했다.
"어제도 물으셨잖아요."

남자들의 최종선택

근혜가 물었다.
"철수 씨 부인이 예쁘고 현명하다던데
어떻게 결혼하게 됐어요?"
철수가 대답했다.
"제가 여자들에게 인기가 좀 있었거든요.
그래서 여러 여자들을 테스트해 봤지요."
근혜가 고개를 끄덕였다.
"역시 부인이 공부를 잘 하신다더니…….
무슨 테스트를 하셨나요?"
그러자 철수가 말했다.
"각 여자들에게 1억씩 주고 어떻게 하나 봤지요.
한 여자는 그 돈으로 자기 옷과 장신구를 사고,
한 여자는 자기 옷과 내 옷을 함께 사더군요.
그리고 한 여자는 그 돈을 불려서
2억으로 만들어 돌려주더군요."
근혜가 다시 고개를 끄덕였다.
"그럼 부인은 2억을 만든 분이겠군요?"
그러자 철수가 고개를 저으며 말했다.
"아녜요. 전 가슴이 큰 여자를 선택했어요."

박근혜가
정치인이 된 비사

박근혜가 교통사고를 당해 뇌에 손상을 입었다.
당장 이식을 하지 않으면 생명이 위험할 정도였다.
의사가 말했다.
"뇌 이식을 해야 하는데 어떤 걸로 할까요?"
박 대통령이 물었다.
"어떤 게 있나?"
의사가 말했다.
"대학교수의 뇌가 있습니다.
한데 일억 원입니다."
"그게 제일 좋은 건가?"
"아뇨. 제일 좋은 뇌는 국회의원 뇌입니다."
"비싼 이유가 뭔데?"
"거의 사용하지 않은 것이라
새것이나 마찬가지입니다."
박 대통령이 말했다.
"암튼 내 딸이니 돈 아끼지 말고
제일 좋은 걸로 써."

포스터

선거가 시작되자 후보들의 포스터가 벽에 붙었다.
한 술꾼이 포스터 붙은 벽에
오줌을 누다가 걸렸다.
경찰이 말했다.
"당신을 노상방뇨 죄로 체포합니다."
그러자 술꾼이 머리를 긁적이며 변명했다.
"미안합니다. 오물들이 붙어 있기에
여긴 싸도 될 거 같아서……."

신의 섭리

철수가 신에게 말했다.
"근혜는 정말 예뻐요.
어쩌면 저렇게 예쁘게 만드셨어요?"
신이 말했다.
"그래야, 네가 좋아할 거 아니냐."
이에 철수가 또 물었다.
"그런데 가만 보면 좀 멍청한 것도 같아요."
그러자 신이 소리쳤다.
"그래야 널 좋아할 거 아니냐?"

똥개

국회의원이 진돗개를 끌고
공원을 산책하고 있었다.
그런데 지나가는 사람이 한마디 했다.
"멀쩡한 놈이 형편없는 똥개를 끌고 다니네."
국회의원이 항의했다.
"이 개는 정부에서 혈통을 보증하는 명견입니다."
그러자 그 사람이 말했다.
"난 개에게 한 말이오."

정치란?

초등학생이 사회공부를 하다가
아빠에게 정치란 무엇인가에 대해 물었다.
아빠는 아들이 이해하기 쉽게
비유를 들어 설명해 주었다.
"우리 집에서 돈을 벌어오는 아빠는 기업이고,
그 돈으로 살림을 하는 엄마는 정부,
그리고 너는 국민이라고 할 수 있는 거지."
"그럼 가정부 누나는 뭐죠?"
"가정부 누나는 아빠가 월급을 주니까 노동자겠지."
"우리 막내는요?"
"우리 막내는 우리 집의 새싹이니까
우리의 미래라고나 할까?"
그 날 밤, 아이는 계속 울어대는 동생 때문에
잠에서 깼다.
기저귀를 보니 똥을 잔뜩 싸놓았다.
도저히 혼자 힘으론 어쩔 수 없어 안방으로 갔다.
방으로 가니 아빠는 간데없고
엄마는 아무리 흔들어도 깨질 않았다.

할 수 없이 아이는 가정부 누나의 방으로 달려갔다.
그런데 그 방에 가정부 누나와 아빠가 함께 있었다.
다음 날 아침, 식탁에서 아이가 아빠에게 말했다.
"아빠, 전 어제 정치가 무엇인지 알게 되었어요."
"그래? 정치가 무엇이었니?"
"네. 정치란, 국민이 도움을 요청하는데도
묵살해 버리는 정부와
노동자를 유린하는 기업과
똥 위에서 뒹굴고 있는 우리의 미래였어요."

포즈

안철수가 정치인이 되는 법에 대해 공부했다.
"정치인은 기자들의 카메라 플래시에
민감해야 합니다. 언제 어떤 상황이든
플래시가 번쩍하고 터지면
웃는 얼굴로 바라봐야 합니다."
어느 날, 안철수가 골프장에서 골프를 치다가
플래시가 터지는 걸 보고 웃으며 고개를 돌렸다.
다음 날, 신문에 이런 기사가 실렸다.

안철수, 벼락에 맞아 급히 응급실로 후송!

컴맹의 이유

박근혜가 컴맹이라는 소문이 돌았다.
대변인이 해명했다.
"후보께서는 매일 인터넷으로 여론을 살피십니다."
기자가 박근혜에게 물었다.
"정말 컴맹이 아니신가요?
소문에는 컴퓨터를 켜지도 못한다던데요."
박근혜가 해명했다.
"아, 예. 제가 쥐를 좀 싫어해서…….
요즘은 마우스와 친해지려 노력 중입니다."
그러자 청와대 대변인이 해명했다.
"대통령께서는 박근혜 후보를
아주 친근하게 여기고 계십니다."

불량 우표

대통령이 자신의 명성을 더욱 높일 생각으로
자기 얼굴이 들어간 우표를 발행하게 했다.
그 후 대통령은 판매상황이 어떤지 보기 위해
시찰에 나섰다.
"우표 판매상황이 어떻소?"
우체국장이 말했다.
"판매는 잘 되는데 종종 우표가 잘 안 붙는다고
사람들이 불만입니다."
대통령은, "그럴 리가……" 하면서
직접 우표 뒷면에 침을 묻혀
봉투에 붙여 보았다.
"이렇게 잘 붙는데, 왜?"
우체국장이 말했다.
"하지만 모두 침을 우표 앞면에다 뱉어서……"

돌잡이

DJ는 돌잔치 때 연필을 잡았고,
MB는 돈을 잡았다.
안철수는 내놓은 물건들에는 관심을 보이지 않고
마침 지나가던 쥐를 잡았다.
김두관은 자전거를 잡았고,
정몽준은 축구공을 잡았다.
김문수는 숟가락을 잡았고,
박근혜는……수첩을 잡았다.

탑이
대권뷔페

선물

근혜 생일에 만나기로 한 철수는
선물을 사려고 여성용품 가게로 갔다.
예쁜 점원이 상냥하게 물었다.
"어떤 물건을 찾으시나요?"
"장갑을 선물하고 싶은데 사이즈를 잘 몰라서……."
그러자 점원이 말했다.
"제 손을 만져 보시고 짐작해 보세요."
철수는 점원의 손을 만지작거리며
장갑을 골랐다.
그런데 문을 열고 나갔던 철수가
금방 되돌아왔다.
불안해진 점원이 물었다.
"장갑에 문제가 있나요?"
그러자 철수가 머뭇거리다 말했다.
"이번엔 브래지어를 사려고……."

텔레파시

신혼부부 철수와 근혜는 하루도 거르지 않고
부부관계를 즐겼다.
그런데 그만 신랑이 병이 들었다.
의사는 앞으로 6개월 간 부부관계를 하지 말라고
엄중히 경고했다.
만약 그 안에 관계를 가지면 신랑이 죽게 될 거라고 했다.
철수와 근혜는 하는 수 없이 각방을 썼다.
어느덧 3개월이 지났다.
어느 날 밤, 도저히 참을 수 없어
철수가 자기 방을 나와 근혜 방으로 갔다.
텔레파시가 통했는지 같은 시간
근혜도 남편 방으로 향하고 있었다.
부부는 복도에서 딱 마주쳤다.
철수가 말했다.
"여보! 나 지금 당신 방으로 죽으러 가는 길이야."
그러자 근혜도 쾌재를 부르며 외쳤다.
"브라보! 난 지금 당신 죽이러 가는 길이었어요!"

웃자고 한 얘기에……

"제가 대한민국을 장악하고 있습니다.
전국 이장들이 모두 제 편이거든요."

공짜 티켓

V3가 대박이 나서 안철수가 새 집을 장만했다.
하루는 집에 속달우편이 왔다.
편지봉투 안에는 영화 티켓 두 장이 들어 있고
장난스런 쪽지도 하나 들어 있었다.
쪽지에는 '내가 누구게?'라고만 쓰여 있었다.
철수 부부는 어떤 친구가 새 집 장만한 것을
축하하려고 보낸 티켓이라고 생각했다.
다음 날, 철수 부부는 기분 좋게 영화를 보고 왔다.
그런데 이게 웬일인가.
집이 엉망진창이 되어 있었다.
다 털어간 안방 바닥에
다음과 같은 쪽지가 놓여 있었다.
'이제 내가 누군지 알겠지?'

무조건 문 열어

손학규 부부가 영국으로 건너가
으리으리한 귀족파티에 참석했다.
그런데 가는 길에 그만
학규의 바지가 찢어지고 말았다.
겨우 파티장에 도착한 아내가
어떤 작은 방으로 들어가 말했다.
"어서 벗으세요. 꿰매줄게요."
학규는 바지를 벗고 팬티 바람으로 서 있었다.
그런데 알고 보니 그 방은
귀족부인들이 쉬는 방이었다.
잠시 후 웅성웅성 소리가 나더니
부인들이 몰려왔다.
깜짝 놀란 아내가 방을 둘러보니
방문 맞은편에 또 하나의 문이 있었다.
"얼른 저 문 뒤로 숨으세요."
학규는 재빨리 문을 열고 들어가 숨었다.
부인이 얼른 문을 잠갔다.
그 순간 귀족부인들이 방으로 들어왔다.
그런데 문으로 들어간 학규가

곧바로 문을 쾅쾅 두드리며 외쳤다.
"여보! 문 열어!"
아내가 문에 대고 조용히 말했다.
"왜 그래요? 여기 부인들이 있다니까요."
그러자 학규가 비명에 가까운 소리로 외쳤다.
"부인들이고 뭐고 무조건 열어!
여긴 사람들이 다 있어. 파티장이란 말야!"

안철수 연구소가 미국에 넘어가지 않은 이유

안철수는 신중한 사람이다.
그는 말 한 마디를 할 때도
항상 깊이 생각하는 습관이 몸에 배어 있었다.
안철수가 국민적인 영웅이 된 것은
그의 기업인 안철수연구소를 다국적기업이
거액을 들여 사려 했으나 일언지하에 거절한 뒤부터였다.
당시 상황은 이랬다.
미국의 다국적기업 초청으로 미국에 간 안철수는
직원과 함께 기업설명회를 가졌다.
그런데 다국적기업 회장이 다짜고짜
안철수연구소를 1000만 달러에 사겠다고 제안했다.
당시로선 천문학적인 액수였다.
그러자 안철수는 딱 한 마디 했다.
"No."

NO···
V3연구소
1000만$ OK?

결국 한국 토종 바이러스 백신회사를
사려는 기도는 좌절되었고
한국은 IT 보안업계의 자주성을 지킬 수 있었다.
집으로 돌아온 안철수는 부인을 보고 한숨을 쉬었다.
“글쎄 회사를 1000만 달러나 주고 사겠다는 거야.
그래서 좋다고 ‘No problem’이라 하려는데
그 바보 같은 회장이란 놈이 ‘No’ 까지만 듣고
고개를 끄덕이더라고. 성질하고는…….
에효, 한국말은 끝까지 들어야 하는데.”

악몽

박근혜가 낮잠을 자다가 깨서 울었다.
깜짝 놀란 홍사덕이 물었다.
"왜 그러십니까?"
박근혜가 말했다.
"글쎄 꿈에 내가 결혼을 해서 남편이랑
한 침대에서 자고 있더라고."
홍사덕은 의아했다.
"그게 울 정도로 나쁜 꿈은 아니잖습니까?"
박근혜가 툴툴거리며 말했다.
"씨, 남편이 허경영이더라고."

대략난감

여대생 근혜가 노교수의 집을 방문했다.
얘기 중 근혜의 배가 살살 아팠다.
근혜는 화장실에 가서 큰일을 보았다.
그리고 물을 내렸는데 이게 웬일인가.
변기가 막혀 내려가지 않았다.
그 참에 노교수가 노크했다.
"여보게, 아직 멀었는가? 나도 급하네."
당황한 근혜는 물을 한 번 더 내렸다.
하지만 막힌 변기는 뚫리지 않고
변기에 오물이 가득 찼다.
노교수가 또 노크했다.
급해진 근혜는 한 번 더 물을 내렸다.
그러자 변기의 오물이 부글거리며
밖으로 넘치기 시작했다.
근혜의 입에서 신음 같은 외마디가 흘러나왔다.
"오 마이 갓!"

놀러 오세요

재인이 아파트에서 급하게 엘리베이터를 타다 실수하여
팔꿈치로 옆에 있던 근혜의 앞가슴을 건드렸다.
당황한 재인이 근혜에게 사과했다.
"어이쿠, 죄송합니다. 아가씨 마음이 그 앞가슴처럼
부드럽다면 용서해 주실 수 있겠죠?"
그러자 근혜가 빙그레 웃으면서 말했다.
"물론이죠. 만약 댁의 다른 곳이 팔꿈치처럼 단단하다면
1204호로 놀러 오세요."

관점의 차이

우리 당에서 다른 당으로 옮기면
– 배신

다른 당에서 우리 당으로 오면
– 구국의 결단

영어 실력

우리나라에 무엇보다 영어가 중요하다면서

영어 실력을 자랑하던 이모 대통령이 있었다.

어느 날, 그가 전직 미국 대통령 클린턴을 만나게 되었다.

통역이 이 대통령에게 귀띔했다.

"먼저 'How are you?'라고 묻고

클린턴이 대답을 하면

'Me too.' 라고 하세요."

그런데 너무 긴장해서 그만 말이 헛나왔다.

"Who are you?"

그러자 클린턴이 노련하게 받아 주었다.

"I'm Hillary's husband."

그러자 이 대통령이 얼른 말했다.

"Me too."

MB,
에리카 병원에 가다

늙은 MB가 건강상담을 위해 유명한 에리카 병원을 찾았다.
의사 에리카가 말했다.
"나이에 비해 건강이 아주 좋으시네요."
MB가 한숨을 쉬며 말했다.
"알고 있습니다. 하지만 성적 충동이
너무 높은 곳에 있어 그게 고민입니다. 고칠 방법이 없겠소?"
에리카는 잘못 들었나 싶어 다시 한 번 물었다.
하지만 MB의 대답은 마찬가지였다.
"성적 충동이 너무 높아 좀 낮췄으면 좋겠소."
"도대체 높다는 것이 무슨 뜻이지요?"
"성적 충동이 머리에만 있단 말이오.
혹시 배꼽 아래로 낮출 순 없겠소?"

지방자치제의 5대 과제

1. 정치 선량들의 텃세화

2. 경제 지방세의 폐쇄화

3. 사회 지역감정의 극대화

4. 문화 지방색의 토착화

5. 언론 사투리의 표준화

한국 정치사

이승만 대통령이 미국의 도움을 받아
튼튼한 밥솥을 샀다.
물 비율을 몰라 세 번 실패하고 물러났다.

박정희 대통령은 이 밥솥으로
제법 맛있는 밥을 지었다.
그러나 자신은 그 밥을 먹지 못했다.

최규하 대통령이 밥을 먹으려고
솥뚜껑을 열려다가 손을 데었다.
중간에 관뒀다.

전두환 대통령이 밥솥 뚜껑을 열고
밥을 맛있게 먹어 치웠다.
남으니 형제들과 친구에게도 줬다.

노태우 대통령은 물을 부어
숭늉을 만들어 먹었다.

김영삼 대통령은 누룽지를 긁어 먹었는데
너무 세게 긁다가 바닥에 구멍을 내고 말았다.
밥솥을 못 쓰게 만든 것이다.

김대중 대통령은 빚을 내 전기밥솥을 샀다.

노무현 대통령은 전기밥솥의 코드를
220볼트로 바꾸다가 110볼트의 저항을 받았다.
정전이 한 번 있었다.

이명박 대통령은 최신식 디지털 전기밥솥을 샀다.
그런데 그 좋은 전기밥솥을 아궁이에 올려놓고
군불을 땠다.
형님이 그렇게 가르쳤다 한다.

목장에서 생긴 일

문재인과 손학규가 목장에 시찰을 갔다.
그런데 성질 사나운 황소가 줄에서 풀려
갑자기 재인에게 달려들었다.
위기일발의 순간, 재인이 몸을 날려
초원 바닥에 뚫려 있는 작은 구덩이로 피했다.
재인이 구덩이에서 나오려는데
황소가 돌아서더니 다시 재인에게 달려들었다.
재인은 다시 구덩이로 뛰어들었다.
같은 상황이 몇 번이나 반복되었다.
그러자 보다 못한 학규가 버럭 소리 질렀다.
"야, 특전사 출신이라고 잘난 체 말고
그냥 구덩이 안에 가만히 있어!"
그러자 재인이 다시 구덩이 밖으로 뛰쳐나오며 외쳤다.
"야, 이 안엔 뱀이 우글우글해!"

이름

이메가는 자식 이름을 지을 때
자신의 정책과 관련 있는 단어를 썼다.
어느 날, 선생님이 이메가 아들에게 물었다.
"넌 이름이 뭐냐?"
"대운하인데요."
"농담하지 말고 진짜 이름이 뭐냐?"
그러자 이메가 아들이 옆자리를 보며 말했다.
"동생아, 집에 가자.
선생님이 날 거짓말쟁이로 아네."
선생님이 이번에는 동생에게 물었다.
"그럼 네 이름은 뭐니?"
"수의계약이요."

거시기 문신

재인이 목욕탕에 갔다.
샤워를 하다가 문득 옆에 있는
철수의 물건을 보니 엄청 작았다.
더욱 웃긴 것은 그 작은 물건에
'나인'이라는 문신까지 새겨 넣은 것이었다.
'나인이 도대체 뭐지? 어쨌든 되게 작군, 자식.'
재인은 자신의 것이 더 크다는 우월감에
목욕탕을 한 바퀴 휘익 돌고는 다시 철수 쪽으로 갔다.
그런데 이게 웬일인가!
철수의 물건이 잔뜩 부풀어 있었는데
거기에 똑똑한 글씨로 이렇게 쓰여 있었다.
'나는야 자랑스러운 단군의 자손이자 위대하고 슬기로운 한
국인.'

아직 안 갔어?

새누리당 박근혜 경선캠프의 홍사덕 공동선대위원장이
안철수 서울대 융합과학기술대학원장을
루이 나폴레옹에 빗댔다.
홍 위원장은 기자들과 만난 자리에서
안철수는 '권력을 위해서는 어디든 붙는
루이 나폴레옹 같은 사람'이라고 말했다.
그는 '나폴레옹이 권력을 위해 필요하면
노동자 계급이든 소농민이든 달라붙고
어떤 때는 귀족 계급과도 달라붙으면서 20년을
집권했다.'고 설명했다

안철수 캠프에서 반박 논평이 나왔다.
"걔, 아직 이라크 안 갔어요?"

개의 진실

DJ가 청와대에서 키우던 진돗개 수컷 다롱이가
노무현이 입주하자 새 주인에게 난폭하게 굴었다.
그러자 조중동이 썼다.
'개도 싫어하는 대통령.'
그런데 어느 날부터 다롱이가 싹 달라졌다.
새 주인에게 꼬랑지를 흔들며
아양을 떠는 게 아닌가.
신기한 다롱이의 변화를 두고
각 신문사 청와대 출입기자 사이에서
다음과 같은 추측이 난무했다.

1. (중앙일보 기자)
다롱이 밥그릇을 양은그릇에서
은그릇으로 바꿔 주었을 거다.

2. (조선일보 기자)
몽둥이로 조져서 반항심을 없앴을 거다.

3. (한겨레신문 기자)

밤새도록 끈질기게 달래서

다롱이 마음을 바꾸게 했을 거다.

4. (동아일보 기자)

몰핀 주사를 놔서 성깔을 죽였을 거다.

정답은?

– 진돗개 암컷 '아롱이'를 친구로 붙여 주었다.

개는 개들끼리 놀라고.

노동의 조건

철수 사장과 부사장이 심각한 주제로 토론을 했다.
"과연 Sex는 중노동일까요?"
부사장이 이렇게 문제를 제기하자 철수 사장이 말했다.
"그건 분명 노동이야, 노동!
아내에 대한 봉사 차원 아니겠는가?"
부사장도 동의했다.
"그래요. 틀림없는 노동이지, 그것도 중노동입니다."
의견이 일치한 둘은 마침 결재를 받으러 온
사원에게도 동의를 구하려고 물었다
"자넨 어떻게 생각하는가?"
"예, 맞습니다. 그건 중노동이지요."
모두들 만족한 합의를 내고 기분이 좋아졌다.
하지만 사장실을 나온 직원은
나중에 이렇게 말했다.
"웃기고 있네, 그게 노동이면
니들이 직접 하겠냐? 나를 시켰겠지."

곤경

근혜가 드라이브 간다고 나간 뒤 긴급 속보가 떴다.
"지금 강변북로에 승용차 한 대가
무시무시한 속도로 역주행하고 있습니다!"
걱정이 된 비서가 전화했다.
"지금 역주행하는 차가 한 대 있다니 조심하세요."
그러자 근혜가 소리쳤다.
"젠장 한 대가 아니야,
수십, 수백 대가 달려들고 있다고!"

자신만만

천국과 지옥이 땅 문제로 갈등을 겪고 있었다.
분명히 천국 땅인데, 지옥이 소유주라고
우겼기 때문이다.
베드로가 염라대왕에게 소리쳤다.
"자꾸 이러면 고소할 거야."
그러자 염라대왕이 웃었다.
"해 봐! 한다하는 변호사나 판검사는
다 지옥에 있다고."

신년사

새해가 되자 대선주자 가운데 한 사람이
'미나후'라는 신년 휘호를 써서
경쟁자들에게 돌렸다.
신년 휘호를 연습하다가 정보기관의 보고를 받은
MB가 비서실장을 불렀다.
"미나후? 그게 무슨 뜻입니까?"
"예, 그건 '미안해. 나 후보야.'라는 말의
약자로 보입니다."
이 말을 들은 MB가 묵묵히 글씨를 써 내려갔다.
거기에는 '미지후'라고 쓰여 있었다.
이걸 본 비서실장이 물었다.
"미지후? 이게 무슨 뜻입니까? 각하."
MB가 나직이 말했다.
"미친 놈, 지가 무슨 후보라고……."

소심한 철수호랑이

철수호랑이가 며칠째 굶었다.

'오늘은 반드시 사냥을 해서 배를 채워야지.'

마음을 단단히 먹고 나선 지 얼마 안 돼

토끼를 한 마리 잡았다.

그러자 토끼가 말했다.

"이거 놔. 인마!"

놀란 철수호랑이가 당황해 하는 사이

토끼는 도망갔다.

철수호랑이는 다음 날 다시 사냥을 나갔다.

이번에도 토끼를 잡을 수 있었다.

그런데 토끼가 말했다.

"나야, 인마!"

철수는 놀라서 또 토끼를 놓쳤다.

세 번째 날, 철수는 이번에는 반드시

사냥에 성공하겠다고 결심하고 숲으로 갔다.

그리고 이번엔 사슴을 잡았다.

그 못된 토끼가 아니라 얼마나 다행인가.

철수가 흐뭇하게 웃고 있는데 사슴이 속삭였다.

"소문 다 났어, 인마!"

개도 무섭다

부시, 푸틴, 김정일이 백악관에서 회담을 마치고
산책을 하고 있었다.
그때 개 한 마리가 옆으로 지나갔다.
세 사람은 누가 더 말재주가 좋은지 내기를 걸었다.

먼저 부시가 개에게 다가가 말을 했다.
"이리 와! 우리 미국에는
풍족한 생활과 자유, 민주주의가 있어."
개는 아무런 반응도 보이지 않고
계속 앞으로 뛰어갔다.

이번엔 푸틴이 개를 따라가며 말했다.
"이리 와! 우리 러시아에는
넓은 국토와 풍부한 석유가 있어."
개는 여전히 앞을 향해 달려갔다.

마지막으로 김정일이 개에게 다가가
뭔가 소곤거리자, 개는 즉시 발길을 돌려

반대 방향으로 뛰기 시작했다.
부시와 푸틴은 탄복하며
어떻게 개를 설득했냐고 김정일에게 물었다.
김정일이 말했다.
"저 앞에는 조선의 주체사상이 있다고 말했소."

차이

초등학교에서 수족관으로 견학을 갔다.
스킨스쿠버가 조그만 송사리에게
먹이를 뿌려 주자 아이가 소리쳤다.
"뇌물 먹는다. 뇌물."
잠시 후 스킨스쿠버가 커다란 다랑어에게
먹이를 나눠 줬다.
"떡값 먹는다. 떡값."
이상하게 생각한 선생님이 아이에게 물었다.
"그게 무슨 소리냐."
"네, 우리 아빠가 그러셨거든요.
송사리가 먹는 것은 뇌물이고,
큰 놈이 먹는 것은 떡값이라고."

대권 비지니스
VIP RooM
나재오데..
Hi !

이름

용하다는 점쟁이가 예언하기를,
이름에 'ㄴ'자가 들어가는 사람이
다음 대권을 잡는다고 했다.
이 소식을 들은 박근혜, 안철수, 정몽준, 문재인이 모여
한잔하고 있는데, 문 밖에서 누가 요란하게 노크를 했다.
"누구요?"
그러자 이재오가 문을 박차고 들어와 말했다.
"나, 재온데요."

홍사덕수탉

홍사덕수탉이 늙어서
주인은 젊은 수탉을 사서 넣었다.
그러자 홍사덕수탉이 젊은 수탉에게 말했다.
"여기 있는 암탉들은 다 내 차지야,
자네가 암탉들과 사귀려면
먼저 나와 술래잡기를 해서 날 잡아야 한다네."
그리고 홍사덕수탉은 뛰어갔다.
젊은 수탉도 홍사덕수탉을 잡기 위해 쫓아갔다.
그러자 주인이 젊은 수탉을 잡아 죽였다.
그리고 중얼거렸다.
"이상하게 요즘 들여놓는 수탉들마다 다 호모네."

간철수

이혜훈 새누리당 최고위원이
안철수 서울대 융합과학기술대학원장을
'간철수'라고 표현해 논란이 일고 있다.
이에 안철수 쪽에서도 한마디 했다.
"안철수가 간철수면, 박근혜는 진근혜다."

사고 친 이유

박근혜 측근들이 공식 출마선언 전에
표를 깎아먹는 사고를 세 건이나 저질렀다.
홍사덕은 '55세 이상 접근금지' 발언을 하더니
ㅂㄱㅎ 로고는 임태희 로고를 표절했다는
시비가 나왔고,
이상돈은 '5·16은 혁명이다.'라고 말해
물의를 빚었다.
대책회의에서 세 사람이 해명했다.
"매도 먼저 맞는 게 낫고,
맷집도 맞을수록 는답니다.
그래서 공식출마 전에 미리 준비한 겁니다."
나중에 박 후보가 한마디 했다.
"걔들 X맨 아냐?"

발 치워

평양 지하철에서 두 사람이 대화를 나누고 있었다.
"동무, 안녕하십니까?"
"안녕하십니까?"
"혹시 동무는 당위원회에서 일하십니까?"
"아니요!"
"그럼 그 전에는요?"
"아닙니다!"
"그럼 혹시 친인척 중에
당위원회에서 일하고 있는 분이 있습니까?"
"없습니다!"
"그렇다면 발 좀 치우지!
당신 지금 내 발을 밟고 있어!"

몸무게

김두관이 자신의 퉁퉁한 몸매에 대해 해명했다.
"내가 뚱뚱해 보입니까?
나는 겨우 두관(斗官=二貫)입니다. 호올쭉~합니다."

위기에 처한 MB

태풍과 폭우로 MB의 집이 물에 잠겼다.

MB는 지붕으로 올라가 기도했다.

"하나님, 부디 저를 구하소서."

구조대가 다가와 MB에게 손을 내밀었다.

하지만 MB는 하나님이 구해줄 거라며 도움을 거절했다.

거센 비는 지붕을 삼킬 듯 계속 쏟아졌다.

이번에는 보트를 탄 구조대가 다가와

MB에게 타라고 외쳤다.

하지만 MB는 이번에도 거절했다.

다음에는 헬리콥터에서 구명대가 내려왔다.

MB는 그것마저 외면했다.

MB는 결국 물에 빠져 죽고 말았다.

저승으로 간 MB는 하나님께 따졌다.

"저를 왜 구해주지 않으셨나요?"

그러자 하나님이 혀를 차며 말했다.

"얀마, 너한테 구조대도 보냈고,

보트도 보냈고, 헬리콥터도 보냈잖아.

근데 니가 안 타는 걸 난들 어떡하냐!"

강연

저명한 윤리학자가 국회에서
여성의원들을 상대로 강의를 했다.
"여자에게는 정조가 가장 소중합니다.
만약에 남자로부터 유혹을 받았을 때
한 시간의 쾌락을 위해, 여러분의 정치 이력이
엉망진창이 되어도 좋은지 어떤지를
가슴 깊이 생각해 봐야 합니다."
그러면서 칠판에다 커다란 글씨로 '정조' 라고 썼다.
그리고 돌아서니 교탁 위에 종이쪽지가 놓여 있었다.
거기에는 다음과 같이 쓰여 있었다.
"김○숙 의원입니다. 선생님, 한 시간씩이나
쾌락을 느낄 수 있는 방법을 좀 가르쳐 주세요!"

합의에 관하여

국회의원이 MB에게 말했다.
"당신이 저지른 잘못들을 예수님도 알고 있나요?
알고 있다면 그도 문제군요."
그러자 교회에서 신성 모독으로 들고 일어났다.
국회의원은 다음 날 기자회견을 했다.
"예수에 대한 모욕을 솔직히 사과해서
용서를 받았습니다."
그러자 기자가 물었다.
"언제 하셨다는 겁니까?"
"어젯밤 기도를 통해서
당사자끼리 합의했습니다."

새 종편 방송 순서

9시 한선교의 〈아침마당〉

     -부부간의 대화, 몰래 엿듣기

10시 정형근의 〈고문기술-초급〉

11시 정형근의 〈고문기술-고급〉

     (실습 : 이근안, 김근태)

12시 점심

     (일부 의원 : 홍사덕 전 의원 이라크 파병 환송식)

1시 화면 조정 시간 (방통위 위원과 사우나)

2시 선택과목 : 이해찬의 〈본토식 영어강좌와 21세기 교육〉

     강용석의 〈이 바닥에서 살아가는 방법〉 강좌 중 택일

3시 엄기영, 이계진의 오후 뉴스

4시 전여옥, 유시민의 〈말싸움〉 강좌

5시 단병호, 심상정의 〈파업〉 강좌

6시 정몽준의 〈축구교실〉

     (사회 : 조중연, 초대강사 : 김호곤, 박성화, 김흥국)

7시 선택과목 : 송영선의 〈미국에 감동을 주는 법〉, 정동영

     (외래강사)의 〈노인을 공경하자〉 강좌 중 택일

8시 권영길의 〈행복하게 사는 법-살림 좀 나아지셨습니까?〉

9시 화면 조정 시간 (여당의원과 회식)

10시 강기갑의 〈농사 1주일만 지으면 강기갑만큼 한다〉

11시 노회찬의 〈촌철살인 독설〉 강좌

12시 김용갑의 〈지금 북한에선……〉

***공지사항** 김종필의 〈생명 연장의 꿈〉, 홍사덕의 〈사주팔자 운세〉, 추미애의 〈무릎관절 클리닉〉, 송광호의 〈이종격투기〉 상기 4개 프로는 폐지되었습니다.

문수의 고민

바람둥이 문수는 원래 당당한 체격이었는데
어느 날부터인지 살이 빠지고 뼈만 앙상하게 남았다.
한 친구가 술을 사주면서 그 이유를 물었다.
문수가 머뭇거리며 말했다.
"사실 요즘 협박을 당하고 있어. 어떤 녀석이 전화를 걸어서
당장 자기 애인한테서 손을 떼지 않으면 날 죽여 버리겠대."
"그럼 손 떼. 괜히 다치지 말고."
그러자 문수가 괴로운 듯 말했다.
"그런데, 그게 간단치가 않아.
그 놈이 자기 애인 이름을 말 안 했거든.
씨바, 누군지 알아야 손을 떼지."

정치 퀴즈

보수가 사는 나라 = **새누리**

나라 동물 = **쥐**

국보 1호 = **수첩**

공식 놀이기구 = **박그네**

공식 사찰 = **천막당사**

수도 이름 = **조중동**

즐겨 쓰는 향수 = **박통 향수**

주로 먹는 약 = **지역감정**

즐겨 보는 사극 = **노인폄하**

공식 교향악단 = **남경필**

술집 최고안주 = **홍준포**

즐겨 입는 청바지 = **박진**

긴장될 때 먹는 약 = **전두환**

새누리 공식 다리 = **한선교**

공식 폭탄 = **손수조**

옥새 = **김종인**

용한 무당

안철수는 세상이 알아주는 용한 박수무당이었다.

그래서 박정희 대통령이 불러 시험했다.

"내 수명이 얼마나 되는가?"

"얼마 안 남으셨습니다. 하지만 제가 기도하면

장수하실 수 있습니다."

그러나 신중한 대통령은 먼저 그의 능력을

검증하기로 했다.

밀폐된 상자를 주면서 그 안에 뭐가 있는지

알아맞히면 사위로 삼고 차기 대권을 주겠다고 했다.

안철수는 청와대 밀실에서 백일기도에 돌입했다.

그런데 대통령의 두 딸들은

안철수에게 시집가는 게 싫었다.

그래서 기도를 방해하는 작전을 폈다.

안철수가 기도를 하고 있는데

누군가 뒤에서 그를 꼭 껴안았다.

손을 뒤로 해서 만져 보니 알몸이었다.

그래도 안철수는 참고 기도를 계속했다.

그러자 이번엔 앞에서 한 여자가 비키니만 입고

봉춤을 추는 것이었다.

뒤에서는 자꾸 알몸의 여자가 더듬고,

앞에서는 급기야 스트립쇼까지 벌어지니

안철수는 그만 기절하고 말았다.

대통령은 비서에게 안철수가 뭐하는지

살펴보고 오라고 보냈다.

그러자 비서가 보고했다.

"지금 거품을 물고 기절해서 자꾸 뭐라고

중얼거리고 있습니다."

"뭐라고 하는데?"

"'신당이 필요해. 방해받지 않는 신당이 필요해.'

하던데요"

우리나라가 달나라에 유인우주선을 발사한다고 발표하면?

새누리당

혼란한 정국의 여론을 돌리려는
정치적 의도가 있다.

조선일보

우주선 조종사 호남 출신 50% 압도적

민주노동당

우주선 발사는 국력 과시를 위한
예산 낭비일 뿐, 민생이 우선

오마이뉴스

우주선 부품 태반이 미국, 일본제. 기술종속 우려

〈오마이뉴스〉
기술종속 우려
〈통합진보당〉
예산낭비
〈프레시안〉
우주 개발에
압력 의도
대한민국
〈조선일보〉
호남 50%
효리도 쐈다
YS
내가
추진했다
MB
수의
계약

미국, 미사일 개발협정 재확인,
우주개발에 압력 의도

김영삼

내가 대통령할 때부터 추진한 계획이다.

이명박

내가 수의계약을 잘 해서 가능했다.

스포츠찌라시

효리도 쐈다.

구두시험

신학대학에서 구약성서를 범위로 구두시험을 쳤다.

근혜 차례가 되자 교수님이 엄한 목소리로 물었다.

"학생, 최초의 남자가 누군가?"

갑자기 근혜의 얼굴이 빨개졌다.

"저 교수님, 저는 정말 그렇게 하고 싶지 않았는데……."

교수님이 고개를 갸웃거리며 물었다.

"아니 학생, 아담하고 뭔 일 있었나?"

특전사